U0136016

石頭悲傷而成為玉

文字涅槃之後逆去火葬場
留下的舍利子是詩
石頭拒絕說話被年鑽通道
吐出真理
剝開的滿懷心事是玉
文字是因為歡喜而成為詩、
石頭是因為悲傷而成為玉

石頭與舍利子

小論杜十三

洛夫

在台灣的中堅詩人群中，我一直注視著，而且對其創作情況與自我突破作長期追蹤觀察的，杜十三是其中之一。

杜十三未入老境，但詩齡不淺，二十多年前他初出道時，我在一次詩的座談會中認識了他，其後時有過從，並引介他加入「創世紀」陣營，短期協助我主編過《創世紀》詩刊。在八○年代末與九○年代初的台灣詩壇，杜十三和林燿德，或可視爲最勤奮，也最活躍的兩位詩人，事實上那些日子也是他們這一輩分領風騷的年代。他們雖在詩本質與美學認知上仍與上一輩的詩人一脈相承，但在取材和表現形式，乃至語言風格上卻各自樹起了新異而獨特的標竿，而其中杜十三尤爲突出。他可說是一位甚具創作潛力，投注最多心力於多元探索和拓展的詩人，滲透的領域廣及詩、散文、評論、音樂、繪畫、設計、網路等。由「詩的聲光」到「現代詩網路聯盟」，他和白靈、須文蔚等使台灣的現代詩日漸與科技結合，使詩的版圖擴展到一個嶄新的領地。白靈說杜十三是詩人上網的先驅者，實不爲過。

杜十三賦有多方面的藝術才能，這恐怕是許多詩人難以企及的，他的多方位操作充分顯示他具有一種詩性智慧，因而促使他的創作往往跨越了文字的領域，但過度的炫才難免招致嫉才的爭議，可是正如某評論者所言；杜十三只不過是用他嫻熟的全方位途徑去寫詩而已，他並沒有逾越作爲一個詩人的本份，反而是以一種前所未見的方式去實踐一個前衛詩人獨特的美學思想。

然而，無論如何，讀或評述杜十三的詩，仍須回歸到他的文本上來：以語言爲起點，以意象爲核心，在從中讀出他的抒情內涵，讀出他對生命的深沈感悟。杜十三可說是一位多產詩人，好詩佔的比例頗大，他有些詩，意象生猛，極具爆炸力，例如〈火〉，就是他詩中常見的原型意象。

凡經我愛撫的石頭
必將燃燒而成爲鑽石

愛撫（一）

酒（寫給父親）

用火焰洗淨身體
你的靈魂換上新裝走了
一生的血淚就此還諸天地

但杜十三的詩更具特色的是他對多樣形式的實驗，你看他在詩裡跑，忽而又見他飛了起來，你看他在詩裡挺胸前行，忽又見他倒立退著走，時而扁平，時而立體，時而方言，時而普通話，時而英文，時而佛經，變化多端，式樣紛呈。詩的境界的創造誠然是衡量一個詩人的成就的一種方式，而對詩形式的實驗和創造，似乎更能看出一個詩人的才具。杜十三在這個集子裡所做的形式實驗，也無非是企圖以各種藝術表現策略和手法來具現他的內在生命。其實如從另一角度看，藝術的多元次多式樣的呈現，正如亞里斯多德所言，也是爲了「塡補自然未完成的職責」。

在這輯的新作中，我最賞識的一首詩是〈石頭悲傷而成為玉〉，作者選作書名，可見他自己也是很中意的。

這首詩極具張力，雖只短短六行，卻是一個由內涵力與外延力所形成的抗力。「語言是詩人的神祕力量」，這首小詩是足可證明這句話。

這首詩的內涵，顯然乃指佛心與佛性的融會，而詩的意象（外延力）卻由矛盾語法來表達。文字猶如人的臭皮囊，火化之後，剩下的是舍利子（佛性），也是詩。石頭沈默不語，經過千劫（被斧鑽逼迫），雖之後才吐出眞理，可看到其中寶貴的玉。詩的最後兩行更是張力十足，既有吊詭語法的運用，也有詩心佛性交融的內涵，感性和知性都很豐富充盈，折折生輝。其他各詩亦多有出人意表的展現，令人耳目一新。

晚近杜十三的詩中頗多佛教教義的關愛，悲憫之情，溢於言表，若干意象也頗具禪意，只是他詩中的禪喻，在表現上稍嫌多言。所謂禪詩，其實就是繁花落葉之後，手中所握的一粒無言的菩提子。六祖說：「吾宗以直指人心，見性成佛」，正是多言無益之意。

總而言之，杜十三的《石頭悲傷而成爲玉》這本新作，已讓我在他各種可能的嘗試與突破之中，看到了充滿創意的，令人欣喜的成就。

一九九九・十二・八・台北

文壇異形杜十三

導讀篇

白靈

1

在網路多媒體文學出現以前，要解讀杜十三是有些困難的。不論文壇、詩壇或藝壇，常因無法將他「歸類」而倍覺懊惱。「歸類」指的常是「規則」、「圈圈」或「歸檔」。杜十三「現身」之初，即如「異形般」，站在衆家規則的邊緣，在諸多不同圈圈中跳他自己的「方格子」，自由出入不同型類的文體間、表現媒介間，從來也不肯「乖」一下，讓人好定睛看清他的眞面貌，或究竟「意欲何爲」的眞目的？

其實，這樣的個性，或者說這種個性背後所源初的「基因」，正是人類諸多特質中最可寶貝的一種——對「自由」的無限渴望和嚮往。在人類漫長的演化過程中，各個階段都希望將萬事萬物予以「分門別類」或合理化地詮解，以便「觀念系統」「知識系統」或「文化系統」可以進入，可予「管理」。此時系統的簡或繁容有不同，但對凡無以「歸類」者均生恐懼，往往以「神」或「魔」視之，神話、宗教於是進入此領域，好與之「周旋」，合規律或和目的性地解釋，並試圖「管轄」之。而一旦「管轄」無效，或當人類中有人對此「管理」心生疑慮，或感覺「不自由」，即起而抗爭，此時新的「異形」出現，欲求諸新的「觀念系統」重予解釋，繼而乃有新的「知識系統」「文化系統」取而代之。哲學、自然科學、人文科學，乃至文學藝術的演進，都是各個時代出現了不同的「異形」，對原有體系予以渺視、忽略、嘲諷，甚至推翻，才有其後各個新的階段發生。

然而「異形」之重要並不僅於此，而是當人類由於視野的開展，發現所謂宇宙竟至開闊到無涯無際，千百億銀河系中並無眞正中心可言，驗證了佛陀在金剛經上將恆河每顆沙均視爲一恆河，何況恆河外仍有無數恆河的偉大預言，則所謂的「分門別類」「便於管理」等的知識體系，仍陷入了極度「有限」「荒誕」「可笑」的境地。從而心理狀態上乃有再度回到「渾沌」、「模糊」等超文本超語言超知識等之極度自由化的衝動和渴望，亟欲虛擬某一可能的表現形式與此內心情境相呼應。於是「不欲被歸類」的「異形心態」，就帶著強烈的、自由的、想像的神話色彩，走入了一切的文學藝術、衝撞著科技媒介、基因焊接、遺傳繁殖等等領域，成了未來人類精神文化、物質文明向宇宙的大母體呼喊的不可逆的強大導向。

也可以說，「異形」不單是對傳統的叛逆，對歸類的否定，更是對溶入宇宙大母體、對自由與神話的極度渴望，異形是更接近元貞的「宇宙之子」，是地球上最可貴、尚未被變造的原始基因之集合。更特殊的是，異形通常並非有意，而常是不自覺的。若以此觀點回望杜十三，則對其所作所爲或可稍稍「釋懷」，並對其多年來異類似的表現方式——超媒介的、超文本的、超語言的衆多奇形怪狀的展演手法，當可不吝給予「晚到的掌聲」。而今日或未來網路文學中亟預展露或表現的，其實正是「異形」「杜十三現象」的拓延和開展罷了。因此，當我們說「杜十三們」（痘弦語）或「杜十三化」時，指的並不是杜十三帶起的風潮，而是指他具有標竿意義，是宇宙最元貞的基因們集團化，異形化，最自由也最自然的「表現狂熱」現象。到那時候，地球上所有人類都可發現他們的基因中竟也藏有「或多或少的杜十三」，在網路的虛擬實境中，大大小小、無數的杜十三們正上天下地、自由地創發自己的創意、異形自己的異形、神話自己的神話。

2

當我們從「抽象的杜十三」走向「具象的杜十三」時，我們不單在他的詩中發現「詩」，也在他的散文、多媒介藝術、戲劇、出版品等不同面向中發現「詩」。原本詩是異形杜十三隱含著的某些共同的質素。詩的自由性格、神話般的曖昧性，竟是反映人類「異形傾向」的最佳元素。若再落實到杜十三的詩作本身來看，我們也看出：一、詩集出版品本身的異形化是他最常表現的手法，對詩集跨越、結合交換已出版的個體文類、詩集的內容，對詩集結合多樣媒介、甚至手工包裝之展現形式的重視，以及詩集發表時當下氣氛的營造，或者乾脆說，把詩集出版與詩人生活的互動互溶性當作首要，可說到了不可思議、令人「另眼相妒」的地步。二、詩作在繪畫性圖像性的魔幻逼眞，使其「異形化」彷佛降臨眼前，此種傾向在他的散文詩中表現最爲成功。三、詩作在方言的與國語的、視覺的與聲音的、人性的與意識形態的共存共贏企圖，使得他的詩視野寬闊，沒有小鼻子小眼睛的格局限制。四、他的詩一如他的異形傾向，經常站在「舊世紀與新世紀」的模糊地帶、「男與女」對立的交界、「愛與慾」相交、「水與火」相交、「海岸與陸地」相交、「日與月」相交、乃至「現實與幻境」、「眞相與虛擬」——等等相接相融時引發的種種矛盾、對抗和辯證，造成了他詩中一再關懷、複述的主題。

底下茲舉本集數例以驗證之。首先看〈出口〉一詩。（頁下）

此詩連「出口」二字及「杜十三」三字都成了詩的一部份，宛如要找「出口」的不只是鷹，還包括堵在頸部的「杜十三」。左右兩邊對稱的詩句彷彿命運的複製和無邊年際的輪迴，詩中將一群鷹不只飛翔在「天空」也飛「在我們體內」，不只在「此生」也在「前世」。「那群鷹在你心中築巢已久／我們豐饒的慾望是牠的母

出口●杜十三

啊
你看
在前方
在天空裡
在我們體內
一群鷹在飛翔
從黎明飛到黑夜
從前世低飛到此生
飛過的軌跡導引星座
排列成你我今世的命運
那群鷹在你心中築巢已久
我們豐饒的慾望是牠的母親
我們豐饒的慾望是牠的母親
那群鷹在你心中築巢已久
排列成你我今世的命運
飛過的軌跡導引星座
從前世低飛到此生
從黎明飛到黑夜
一群鷹在飛翔
在我們體內
在天空裡
在前方
你看
啊

親」，說的飛非僅止「鷹」和「我們」，而是萬物永世相互演化的共同基因，而尋找的「出口」又是什麼呢？「杜十三」正伸長了脖頸向前張望，並不給我們答案。或許這正是「異形」可「惡」之處吧！此詩語言淺近，而寓意深遠，將個人與時空萬物作了最廣闊的結合，寫的恍惚是地球一聲巨大的嘆息。

另一首〈罈中的母親〉則情境完全不同，卻更動人：

母親

亡母

童年您指的那顆星
仍在旋轉
輻射著您的體溫
期待著我的仰望
然而此刻
如此冰冷
如此沈默
我把母親
放在罈中
一齊旋轉
從火轉出
從雨轉出
從血轉出
從淚轉出
我捧著母親
從
灰
燼
轉
出

罈中

此一瓣香根蟠劫外
枝播塵寰
不經天地以生成
豈屬陰陽而造化
熱向爐中
專伸供養
常任三寶
剎海萬靈
極樂導師
阿彌陀佛
觀音勢至
清靜衆海
悉仗眞香
普天供養
南無香雲蓋
菩
薩
摩
訶
薩

此詩與前詩相似之處是詩題本身也是詩的一部份，整首詩恍惚是冉冉張臂昇空的母親形象，「詩題」正是她的頭部，腳部故意細小，正如由灰燼轉出。右半詩白話，左半詩以文言化的經文，一鬆一緊、一空一虛，將子女弔念母親的至情至性可說表現得至善至美，「我把母親／放在罈中／一齊旋轉／從火轉出／從血轉出／從淚轉出／我捧著母親／從灰燼轉出」，這樣深刻的詩句何只動人而已，非「異形」之個性者實難以得之。

最後看這一首：

輪迴

午夜的天空
懺悔式的下過一場大雨之後
墓地上長出了一叢叢的人面桃花
有的望著來世
有的　看著今生

撲動著罪孽翅膀的蜂與蝶
紛紛從虛擬世界趕來採集花粉和蜜
有些採到了悔
有些集到了怨
又忙著趕向墓地外的虛擬世界去
黎明的天空
頓悟式的颳起了一陣熱風之後
墓地出口的路樹上
結出了纍纍的人面果實
有的喜歡在雨中點頭
有的　喜歡在風中搖頭

此詩寫得似眞似幻，宛如靈異世界，而其發生的時空背景正是陰陽輪轉之界、午夜與黎明交會、來世與今生相互切換的模糊地帶。詩中說明現實世界是虛擬的，墓地長出的桃花與果實反而是眞實的生命，其選擇性則多樣而互異，但無非是輪迴的不同面向罷了。詩僅以畫面演出，以動植物（卻不包括人）的表現瓜代人之特性，呈現了萬物與人「同構」、同樣陷於輪迴的命運。詩不指出方向，反而呈現了生命多層次的可能，因此所謂的輪迴也只是方向選擇的功力高下罷了。然而似是而非、如夢如幻，正是典型「異形杜十三」的展演手腕。

3

網路多媒體文學出現以後，解讀杜十三似乎容易許多。但可預期的是，杜十三並不會從此由「杜十三們」的隊伍退下，他必將繼續帶領他體內的一群飛鷹飛行，從「此生」低飛到「來世」，他也將繼續把異形杜十三的名字放在飛鷹們的脖頸的位置，直至尋找到「出口」爲止。但不知那是怎樣的一種境地。

世紀末的音爆

《石頭悲傷而成爲玉》

羅門

杜十三從《地球筆記》、《新世界的零件》、《火的語言》……到這本《石頭悲傷而成爲玉》，他一直是緊抓住現代藝術創作強調的前衛性與新創力，因而凸顯他是一路要求突破與超越精神的藝術家型詩人；同時他面對世界，採取多向度的觀察，內視力也較一般詩人銳敏與深入，又有一己獨特的切入點，故在詩的思維網路上，能不斷觸動對象特別精彩與深刻的部份，就這方面，他已掌握到創作上強大的優勢，也顯較一般詩人有才情與傑出，能站入重要詩人的位置。

對這本新書，我整體的觀感是：

第一、他是帶著「現代主義」與「後現代主義」一同邁向二十一世紀的，從他詩中可呼喚到後現代網路資訊文明的電器，也聞到現代主義文學思想所蘊含濃重的人性、人本、人文精神溢流出來的文化氣息。至於後現代推銷的解構、多元與去中心，杜十三不是「來貨照收」，他在詩中，雖接受解構往多元發展的藝術層面探進，為獲得詩思與藝術表現上更多可能的發現，但基本上，他仍保持在多元展開的「演繹」過程中隱藏有一個無形向中心「歸納」的動向，防止誤入無限「演繹」的不可收拾的「亂流區」，形成存在失控現象。所以他在詩中仍是很機智的操控「演繹」與「歸納」兩部思想機器在向前互動的運作中，使現代被後現代解構經異化與移化過後，便演化為「新」的現代，而呈示「前進中的永恆」的創作形態，具有存在的持續性與不死性，便自然排除後現代消費文化曾流傳與詩人已死的謬論，且重認詩與藝術的嚴肅意義與價值以及堅守創作的確實導向，是值得肯定與重視的。

第二、當不少詩人受到「後現代」之害、將詩寫成不像詩的一大堆散亂的文字，杜十三卻是受益者，他有審判能力，能確實善用「後現代」解構觀念，打破所有的框限，自由的進出古、今、中、外以及田園、都市與宇宙太空的生存時空環境，自由的使用地球上所有的物體材料以及各種藝術流行主義的功能，以致擁有創作世界豐富與大包容度的資源，這便首先使他這部書的書寫內容與藝術表現，出奇的繁複，多變化與多樣性，而滿足讀者。同時，他更以詩之外的藝術創作包括繪畫、裝置造型與音樂等藝能，來參與策動詩語言所展開的詩思空間，有效的去製作心象世界高質感與高見度的造型畫面，大大提高詩境的藝術景觀，當然更重要的，是在他統化多面向的題材與藝術技巧，進入詩整體的存在時，有效的採取環境藝術潛藏的互動與感通能動力，使詩中所有的個體都統合入整體美的新的存在秩序，沒有把詩搞亂掉。

再就是他詩中涉及人與物以及生活中發生的事件，都能內化與深化到存在與活動的深層境域，並透過具象與抽象、現實與超現實、虛與實等相互動的雙向管道，確實監控那個旣眞在「象」中，又大大超出「象」外的更爲眞實而且耐看耐思的詩的世界。

第三、杜十三是極少數具有宏觀與微觀藝術思想的詩人；在他詩中，可看見他詩思無限的延展與開拓，以及進入一切事物與生命的深廣面，與無限的思維網路所作的精深與精微的觀察與探視，是的確使他的詩境，建構在具有廣度、深度與密度的思想架構上，因而他也同時被視爲一位具有感知性的思想型詩人；在我看來他雖不是像詩壇極少數偏重打「BOX」重拳的詩人；但他確是極少數打出非常精彩、奇巧、多變化、多技法與採取所有打擊面的「泰國拳」的詩人，一樣令人觸目驚心。

第四、我們沿著他詩中多景層面的意象以及他反習慣性所製做的突破常態的新穎語能語勢與語路，進入他畫面與造型亮麗開來的奇異的花果園與風景區，我們看到與呼吸到的是他不同一般詩人的銳氣、靈敏度以及獨特的原創力與強烈的前衛意識。

第五、從他這本書中，我們似乎發現到一個重大的發現，那就是他做為詩人，已超越如何去寫成一首詩的異域，而更進一步以「詩」高超卓越無比的力量來主導與主控自己、人與世界乃至所有類型的文學與藝術存在與活動，朝向「美」的巔峰與「前進中的永恆」世界邁進，並企求找到生命與一切存在的原性與原本，因而他在創作中不可能同意後發現有割棄文學主體性的論調，而相反的仍是偏向我所認爲的——那就是所有古今中外的作家、現代、後現代、後後現代的作家，包括過去、未來獲諾貝爾獎的作家，無論他是帶田園從田埂路、帶都市從柏油馬路、帶後都市從電子網路……等不同的路上路，他都必須帶著深入感人的生命思想上路，因爲眞正的詩人與藝術家，不只是在路上耍文字與媒體把戲的雜耍者，他終於要以他的語言與符號向生命說話，並發出感人且久遠的聲音，詩人杜十三便正是如此來建構他思想性與優質文化的創作生命，並一直堅持二十多年不變，而有傑出非凡的表現，的確值得大家來予以重視。

最後，讓我們祝賀這本書像一顆亮麗的詩的人造衛星，在2000年的零時一秒，向廿一世紀發射出去，大放異彩，照耀詩與藝術的領空。

石頭悲傷而成為玉

目錄

文字涅槃之後送去火葬場
留下的舍利子是詩
而頸拒絕說話被斧鑽通過
吐出真理
割開的滿懷心事是王、
文字是因為歡喜而成為詩、
而頸是因為悲傷而成為王

杜仁

在21世紀的第一道曙光中

在21世紀的第一道曙光中
樹的濃蔭長出了果子獻給受過傷的土地
山的倒影飛出了彩霞還給破碎過的天空
人類從影子裡捧出自己的心
在光芒中尋找新的夢境和希望

在21世紀的第一道曙光中
河流的波光閃出一座橋獻給塌陷過的岸
蜜蜂的翅膀彈出花朵的靈魂
還給不孕的花園
人類從心窩裡捧出自己的影子
在光芒中梳洗新世紀的手與足

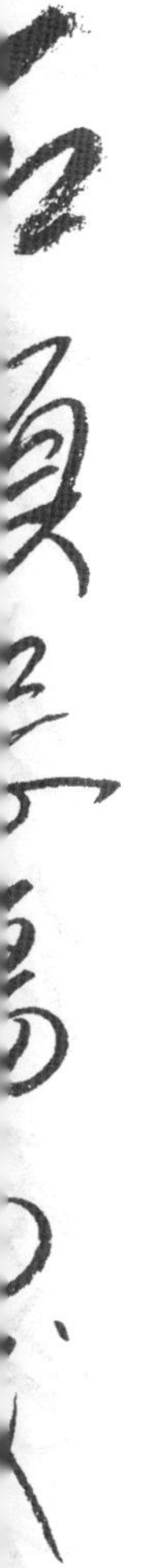

在21世紀的第一道光芒中啊
所有的淚被蒸發成雲
所有的血被曬乾成花瓣
人類從肺腑中挖出仇恨的灰燼
在晨曦中讓它懺悔成光

在21世紀的第一道曙光中
大地以愛的基因重新排列風景
大海以眞理的星座巧妙的整理航道
人類已從宿命的原罪中找到救贖的密碼
正在燦爛的光芒中
以光合作用的姿勢調整新世紀的心跳

在21世紀的第一道光芒中

安土地眞言

一寫給世紀末的台灣

南無三滿哆　沒　喃　唵　度嚕度嚕

地尾　薩婆訶

這塊島嶼上 有神祇 海 日夜環繞

傳誦 啓世經

而後每個人的體內都有一座島嶼誕生

有血流環繞

當島嶼有如心臟跳動

你們會開始航行

找尋靠岸的聖地

不論體內體外

血的流域都是苦海

在猜忌與妖言交織的迷霧中伸出的手

指不出海上的星座

在貪婪與淫慾浮盪的漩渦裡張開的眼

看不淸命運的羅盤

在不公與不義擠壓的斷層中崩塌的人形

撐不住靈魂的記憶

因此你們必須不斷的在血與淚的流域中航行

無法靠岸

無法靠岸
你們靠不了心中的岸
是因爲你們的心已經陷落成毀壞的島
只能祈求斷裂的土地與人心儘速癒合
只能祈求如是癒合：
這塊島嶼上有神祇**愛**日夜環繞傳誦啓世經
南無三滿哆沒喃唵度嚕度嚕地尾薩婆訶

註：本詩中前兩行與最後一行引自《金剛經》前咒：〈安土地眞言〉

震後元年就是千禧年

寫給公元 2000 年的 20 行

震後元年就是千禧年
21 世紀的第一道曙光
即將從我們重建後的胸膛熊熊的射出
你會看見
所有的黑暗都已經倒在斷層上
所有的破碎　都已經還給了震央

震後元年就是千禧年
21 世紀的第一陣掌聲
即將從我們斷裂過的手掌響起

你會聽到
所有的神都在呼喚你逝去親人的名
所有的哭泣
都已經在山谷街巷迴盪成救贖的光

震後元年就是千禧年
21世紀的第一次擁抱
即將由我們崩塌過的身體完成
妳會觸摸到
我們所有受過擠壓的細胞都已經再生
我們所有受到驚嚇的基因
都已經依照星座的倫理重新組合　排列

汝有聽著地球崩落去兮聲無？

祭台灣世紀末大地震（閩南語歌詩）

汝有聽著地球崩落去兮聲無？
汝有看著河流斷在阮兮目眶內底
一群山在阮兮心臟面頂走動無？
汝看！汝看！汝看彼乜孖仔倒在瓦礫仔堆裡
　　無頭也無腳
只有雙手攔著一隻恬恬兮凱蒂貓當作面
　　目睭剝金金直直看著汝
　　　　親像在問：
汝有看著吾兮父母兄弟姊妹無？
吾夭有機會咯看著日頭夾月娘無？

其實阮兮身軀就是大地震兮現場
震動了後
位頭到尾　汝吾兮骨頭夾血脈攏已經散位
汝吾兮頭殼夾目睭攏已經離線軸
因此阮所看著兮　才會是天地裂　才會是山河崩　才會是骨肉散……
現在汝有看著吾兮心肝無？
置這　置遐
吾兮心肝夭在斷去兮河流面頂浮動
夭在崩落來兮山腳滾動
走衝
汝有聽著地球崩落去兮聲無？
汝有看著火金姑為阮鄉親兮靈魂照路
四界去找阮壞去兮身軀無？

汝看！汝看！汝看彼乜人倒在斷嶄面頂
無頭也無面
只有雙手攔著一粒夭置噗噗跳兮心
親像日頭漲到紅紅紅
親像在講：
這就是汝兮屍體
這就是阮大家等待魂魄轉來重建兮故鄉！

註釋：「兮」／的（所有格、形容格語助詞）；「乜」／個；
「置」／在；「阮」／咱；「遐」／那裡；「夭」／還。

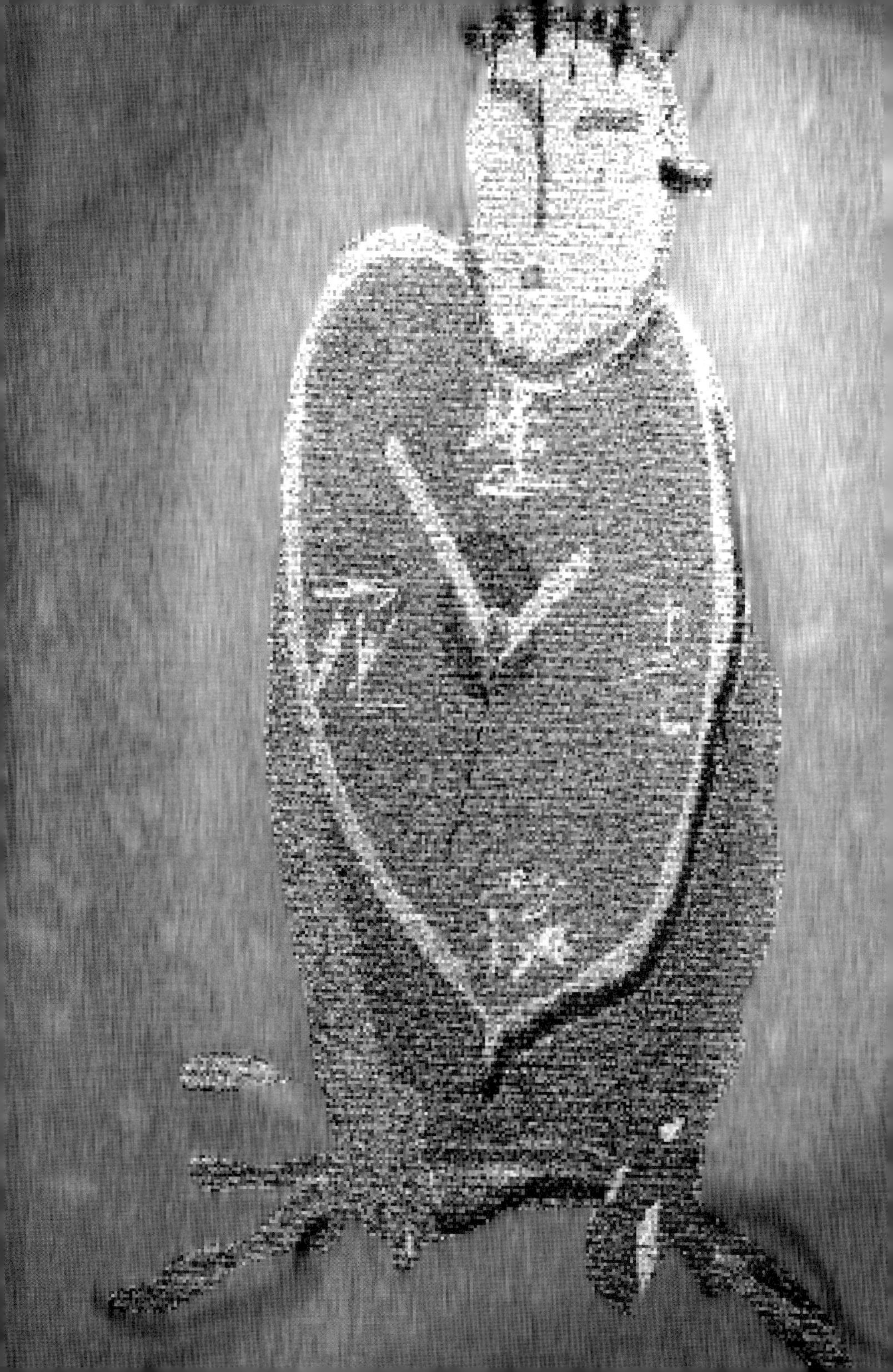

在斷層上與你相擁

祭 921 台灣世紀末大地震

我沿著濁水溪畔的屍臭味找到了故鄉
在斷層上急著與你相擁
多年不見的你
已經斷成了三截

我穿過清水溪的枯山危崖找到了爹娘
他們在震央附近的瓦礫堆中伸出手等我
日昨才笑談風生的容顏
已經震脫血肉成了骷髏

我的童年在傾頹的大街小巷
在擠縮的牆垣細縫中到處哭號　求救
我的父老兄弟姊妹忍著淚水
急著用鐵鍬和佈滿傷痛的肉身
企圖把失序的山和河流歸回原位
企圖把受到驚嚇而紛亂的星座
推回原來的軌道

我在黑暗中擺向死亡的震幅裡
以逆流的淚水重整我的五臟六腑
在已經移位的心臟和眼睛之間
用我僅存的信仰修補無數殘破的風景
和體內一處已經危然形成的
斷　　層

因爲我渴望和你們擁抱
我渴望使用帶著希望的眼光和修補體內的斷層之後
堅強得沒有崩塌之虞的身體
阻隔所有的餘震
和你們的屍身上仍然殘留著遺溫的夢
緊緊的
相
擁

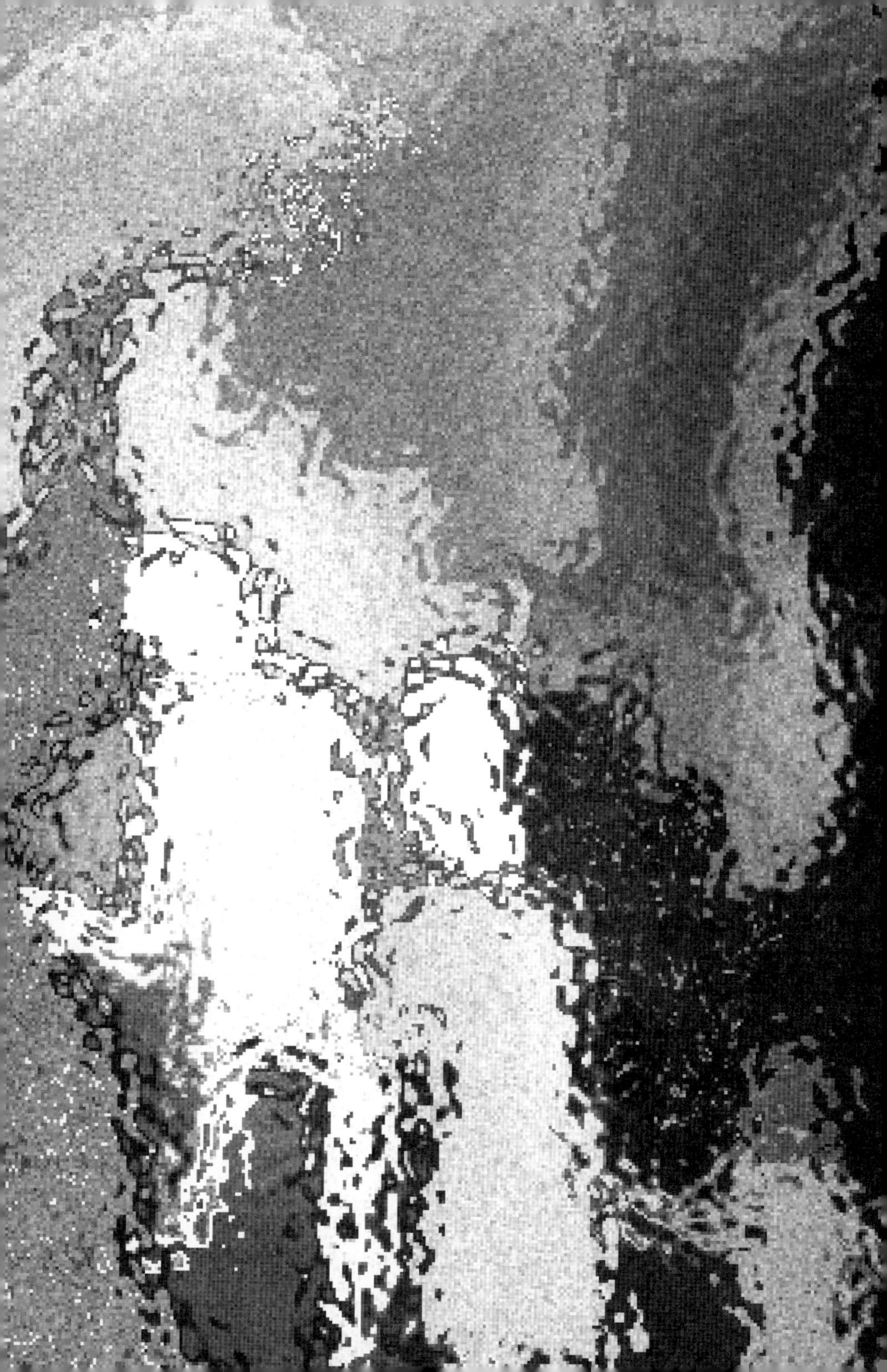

傾斜的基因

就在你們點燈閱讀自己的罪狀之前
其實你們已經偷偷翻閱過自己的心
就在慾望成熟的那個年代
所有的罪經由蜂與蝶的媒介合成人形基因
然後冒芽 成長 吐苞 開花 結果
然後墮落
用腐爛的色彩撞擊大地
讓地球改變軸心向黑暗傾斜

海洋向陸地傾斜
春天向冬季傾斜
歷史向仇恨傾斜
愛情向淫慾傾斜
人類向禽獸傾斜
光 向灰燼傾斜

讓地球改變軸心向黑暗傾斜
用腐爛的色彩撞擊大地
然後墮落
然後冒芽 吐苞 開花 結果
所有的罪經由蜂與蝶的媒介合成人形基因
就在慾望成熟的那個年代
其實你們已經偷偷翻閱過自己的心
就在你們點燈閱讀自己的罪狀之前

思念兮大火（閩南語散文詩）

彼兮時辰，阮佇置海邊惦惦看著天星一粒一粒，親像醒來兮目睭好奇兮對阮閃爍，阮就知影，一定有汝流落他鄉，順著河流沖入大海兮目屎，因爲，所有海上天星兮目神，實在夾汝太相仝了。

親愛兮，汝甘知，就是位彼兮時辰開始，阮麼同時感覺整個大海就是汝乜身軀，因此，阮每工攏來這夾汝相睹，想會看汝乜變化，會聽汝用海湧透過海岸回答阮乜問題，但是，每一拜阮問汝：「汝在叨位？」早時，汝攏是回答：「唰啦，唰啦」，黃昏時辰，汝攏是回答：「未記哩嘩！未記哩嘩！」，然後置暗時，阮那問汝：「夭有愛阮麼？」汝就惦惦，親像這辰兮海洋仝款無聲無說。

眞想會夾汝相攬，眞想會夾汝纏綿一回。烏暗中，阮一面看著天邊，一閃一爍兮汝乜目神，一面褪去阮乜衫褲，攤開雙手，慢慢兮，位白色兮海岸行入汝溫柔淸冷兮身軀內底，體會著汝　波浪輕輕安搨阮也胸坎，阮剎忽然間感動，不由自己開始大聲悲嚎起來。就按爾，整個海洋配合著阮捶胸頓足兮節奏，一粒親像汝兮心肝遐爾紅兮太陽，一寸一寸，過一寸，位遠方兮海平線面頂悶出來了。

親愛兮，彼粒紅紅兮心肝內底，爲何，攏是思念阮兮大火？

註釋：兮：**的**（形容格語助詞） 阮：**咱** 佇：**站** 置：**在** 惦惦：**靜靜** 目睭：**眼睛** 目屎：**眼淚** 相仝：**相像** 甘知：**知否?** 位：**從** 乜：**的**（所有格語助詞） 每工：**每天** 攏：**都** 海湧：**海浪** 每一拜：**每一次** 叨位：**哪裡** 天有：**還有** 仝款：**同樣** 夾汝：**跟妳** 安揖：**安撫** 胸坎：**胸膛** 就按爾：**就這樣** 遐爾紅：**那麼紅** 過一寸：**再一寸** 悶出來：**鑽出來**

（以上註釋係參考廈門大學出版之《閩南語大辭典》）

1999年 12月 某日

月蝕轉日蝕

在最亮的光源
和不斷繞著它旋轉前進的心之間
因爲有人充滿疑惑的眼睛闖入軌道遮擋
你們神聖的胸膛因此形成了月蝕

只好從黑暗的邊緣出發
沿著自己的心跳一路尋找另一盞溫柔的燈
用來檢視自己的影子
是否因爲月蝕而殘缺了
是否因爲殘缺而離開你們了
如此 因爲改變心跳的方向卻反而喪失自己的影子

你們要如何辨別
才能再度正確的使用面對面的方式擁抱彼此？
你們要如何證明
才能讓太陽承認你們永遠背對陰暗的面孔？

親愛的父老兄弟姊妹
我必須以此星座的倫理秩序呼喚你們
才能阻擋那些佔領眞理軌道
不斷射出虛假光芒的疑惑眼神繼續疑惑你們
在你們充滿恐懼的心逃離宿命之前
趕快回頭面對最強的光源
趕快用心跳過那些眼睛去吸收所有的光
趕快用你們投射的陰影
讓所有疑惑的眼球
在驚駭中目睹世紀末最壯麗的日蝕

淚如潮湧

夢見共軍攻台醒來有感

淚如潮湧
漲到心窩的高度之後
擱淺在沙灘上的舟子才脫離陸地的羈絆
進入鮮紅的海水中晃蕩　漂浮
靠岸航行
舉目盡是屍骸斷壁烽火煙硝　父母的哭喊
童稚的驚叫　恐慌互踐的人群　擠斷公路的車龍
以及傾斜的天空和崩裂的大地
我捧著破碎的心臟上岸到處尋找我的妻兒

穿過轟隆的砲彈　穿過殘垣　穿過隧道　穿過大火
穿過斷橋　穿過腥風　穿過血雨
穿過死亡　穿過地獄
穿
過
・・・
卻在床邊腳旁逐漸清晰的看到
仍在熟睡中微笑的妻的面孔

醒來　依然淚如潮湧

阮只是在等待風吹

四百年來阮攏坐置這帖帖等汝等汝來看阮兮心

但是爲何妳坐過的石頭長滿苔痕遠遠離開岸邊

阮兮身軀親像月光 坐過 石頭就變玉 變田

因此妳的表情不再唐宋不再河洛不再中原不再

已經未記了汝看這粒石頭因爲等待已經變款了

就像妳的心因爲太多血淚坐過就變成頑石了麼

阮兮心因爲被新希望坐著咧所以變成山變成島

那可是嚮往獨立的山渴求獨立的島那不是希望

阮從來無講獨立雖然石頭早著因爲獨立變成玉

妳是寶玉我是金鍊讓我們嵌在一齊照亮新世界

阮是結凍的月光容易破碎親像阮兮心肝昔一款

那是歷史的錯不是我的本意我對妳始終一片情

唉兄哥汝甘不知舊灶點新火要結做伙要慢慢吹

阮只要妳不忘我們仍是互相牽連的上游和下游

汝看大海波那青藍看來攏無變其實變過千萬回

都21世紀了不要告訴我妳的心也像大海回來吧

四百年來阮攏坐置這帖帖等汝等汝來看阮兮心

但是爲何妳坐過的石頭長滿苔痕遠遠離開岸邊

因爲我是玉也是竹阮有感情阮只是在等詩風吹

後記：本詩係以閩南語代表臺灣，以國語代表大陸，模擬兩岸談判交流的種種，可以一行接一行的讀，也可以先讀完閩南語部分再讀國語；或先讀完國語再讀台語的部分。閩南語詩部分的用字與註解採用廈門大學出版的《閩南語大辭典》。

啊
你看
在前方
在天空裡
在我們體內
一群鷹在飛翔
從黎明飛到黑夜
從前世低飛到此生
飛過的軌跡導引星座
排列成你我今世的命運
那群鷹在你心中築巢已久
我們豐饒的慾望是牠的母親

我們豐饒的慾望是牠的母親
那群鷹在你心中築巢已久
排列成你我今世的命運
飛過的軌跡導引星座
從前世低飛到此生
從黎明飛到黑夜
一群鷹在飛翔
在我們體內
在天空裡
在前方
你看
啊

深淵裡的倒影

送瘂弦

四十年前你跨過海峽
來到臺灣挖掘一處深淵
把所有的月光、醉漿草、破碎的星星和砲火
都萃成深深的一汪清泉供人俯望沈思
讓人攬鏡自照

有人爲了淚水
從深淵裡撈出了一雙眼睛
有人爲了溫柔
從深淵裡撈出了一張臉
也有人爲了要喊一聲響亮的哈雷路亞
從深淵裡撈到了一張嘴

然後大家熱情的組合你的面孔
要你常常把頭伸出深淵外面和大家談天說笑
若無其事的
把這四十年說成一首深不見底的詩

四十年後的 20 世紀末 你卻又要穿過海峽
到遠方的平原去挖掘新的自己了
臨走前請把你沾滿眼淚和汗水的影子擰乾好嗎？
讓它晒乾成爲一句沈默的格言
掛在 21 世紀的島上
讓它陪著我們解讀自你深淵底部升起的
所有命運星座修復之後
神秘旋轉的倒影
倒影

後記：月光、醉漿草、破碎的星星、砲火⋯等，是「深淵」這首詩的的用詞

20世紀祭

只因爲一顆流星往西遷屣
整座天空便開始傾斜
待我們伸手抹去低空一朵如疤的雲彩
20世紀的傷口立刻鮮血泉湧

其實是流星的速度扭曲了我們對時空的判斷
其實是
疤痕的形狀泯滅了我們對歷史的感悟
一個世紀中數十億個來不及懺悔的亡魂
已在世紀末架構完成的地球網路中
找到他們棲息的位址
堅決的

在0與1綿密逢補的傷口上
用他們多愁善感的靈魂撐起另一個虛擬的世界

等我們全部深入
地球便會傾斜
待我們顫抖著手撕去虛擬的面孔
重新面對彼此
21世紀的鏡子
已 經 不 辨 人 形

母親

母

童年您指的那顆星
仍在旋轉
輻射著您的體溫
期待著我的仰望
然而此刻
如此冰冷
如此沈默
我把母親
放在罈中
一齊旋轉
從火轉出
從雨轉出
從血轉出
從淚轉出
我捧著母親
從
灰
燼
轉
出

一
鐔中

此一瓣香根蟠劫外
枝播塵寰
不經天地以生成
豈屬陰陽而造化
熱向爐中
專伸供養
常任三寶
剎海萬靈
極樂導師
阿彌陀佛
觀音勢至
清靜衆海
悉仗眞香
普天供養
南無香雲蓋
菩
薩
摩
訶
薩

黑面琵鷺——世紀末飛翔

從淡水河邊走回來的時候
我看見一隻黑面琵鷺橫翅遮臉
躺在黃昏的田園中掙扎
死去
這種鳥和歷史的眞相一樣
快要絕跡了
因爲牠們喜歡用人心的高度低飛覓食

黑色的人心上頭也有一雙稱爲眉毛的翅膀
天天擁著我們的眼睛在世間飛翔
用喜怒哀樂愛恨憎妒的姿勢飛
用春夏秋冬生老病死的速度飛
卻永遠飛不出自己的軀殼
一旦起飛

就永遠無法在自己的心上降落

黑面琵鷺啊
我們多麼喜歡把你的臉色塗在心肝上
把你的翅膀張開在臉上
順著歷史羅盤鏽鈍磁針的指向
在時間的峽谷中飛
翔
直到我們不得不沿著自己滲出腥味的皺紋
降　　落

五千年就這樣飛過了
從黃土高坡到臺灣海峽
我們絕不絕跡
從焚書坑儒到二二八
我們絕不棲息

我們喜歡在火中飛
我們喜歡在　血中飛

可是　黑面琵鷺喜歡在白白的天空裡飛呀
每當他們看見一次眞相就被射殺一隻
只好隨著謊話的季節移動
南遷到歷史偏僻的水澤
如果　有人喜歡用眞理的望眼鏡望牠
一定可以清楚的看見每一隻黑黑的臉上
都是

黑墨塗過的歷史沈冤

此刻　歷史的沈冤正張開翅膀
在陰晴不定的臺灣天空下低飛覓食
你看他們的姿勢那麼正直美麗
從來不知水裡的魚餌藏著毒藥

他們頂多站在水澤邊誠實認命的映照自己的黑臉
然後仰頭呼應地球上僅存的三百六十五隻同伴
努力尋找一片尚未被我們的翅膀污染過的青天

從近代史走回來的時候
我看見一隻黑面琵鷺橫翅遮臉
掛在名叫中國的樹叢中掙扎　死去
這種黑面的鳥和清白的人心一樣
快要絕跡了
因爲牠們必須深信不疑的
在閃電塗改過的天空裡繼續
飛
翔

後記：黑面琵鷺是一種外型似鷺，全身雪白，臉部墨黑的鳥，全球僅存數百隻，即將絕跡。原產於西伯利亞，每年冬天自北方沿中國大陸到臺灣避寒，於春暖時復還北方。

看海

我們坐著看海
看我們的胸膛澎湃起伏
看我們的慾望像海鷗起起落落
在　靜的汪洋上忙著覓食

我們坐著看海
看我們沈默的靈魂掙扎迴旋
看我們的悔恨像一波波的海水
向著寂然的岩岸拍擊懺悔

我們坐著看海

看航行的星座在我們的體內一一熄滅
看心臟有如蝕月
看鮮紅的大海結成人體一樣形狀的疤

我們坐著看海
看著我們波濤洶湧的一生
看著你盯著海洋發問
看著海水帶著答案來

世紀末情詩

獻給天下所有的女人

當我倆相逢在海洋的起點
天上的星辰便悄悄的重新排列
接近地球的那一顆星在妳的體內引起了潮汐
讓它用所有回憶的姿勢拍擊妳心中的岩岸
轟然一聲巨響之後
我在上漲的淚水中看到了妳浮起的靈魂
不斷的掙扎
向著我激烈的搖頭呼痛
一切就從那一點開始
我們相信墮落的肉體必須經由強烈的搖晃
才能使我們在連結前世的基因中甦醒

讓我在妳的眼中看見妳的看見
讓妳在我的骨肉間接觸我的接觸
讓我們在我們的靈魂內裡驚恐著我們的驚恐
直到我們在天地交合的那一點　頓悟
發現我其實是種在妳身上的一棵樹

是從那一點開始
是妳引誘我的根部深入妳的每個穴脈
吸妳的血　吮妳的肉
並且要我伸展因爲感動而長滿綠葉的枝枒
去安撫 20 世紀每一吋興奮的的天空
直到妳的靈魂因爲滿足而安靜
安靜有如高潮之後轉成下弦的月光
我才清楚看見 21 世紀的愛情已經化好濃粧
正站在遠方的海平面上
伸手　把天上的星光偷偷的調暗

酒

——寫給父親 黃炳坤先生

用火焰洗淨身體
你的靈魂換上新裝走了
一生的血淚就此還給天地
剩下的骨灰混合陶土捏成了罈罐
盛裝你嗜愛的烈酒
和往昔一樣
陪我們圍著家中的餐桌齊坐

用餐吧　父親
七七四十九天的經咒料你已經聽煩
此時是否仍然記得家裡的飯香菜味？

乾杯吧　父親
知道你一開口也是熊熊的火焰
化成的液體盡往我記憶的杯底宣洩
要我用五臟內腑聆聽你的近況嗎？
要我也用火焰清洗身體嗎？

知道了　父親
在沾有你骨氣的酒杯此岸
我看見你
站在我體內滾燙血流的對岸向我招手
我看見了你淚流滿面
就像我此刻一樣

石頭因爲悲傷而成爲玉

文字涅盤之後送去火葬場
留下的舍利子是詩
石頭拒絕說話被斧鑽逼迫吐出眞言
剖開的滿懷心事是玉

文字是因爲歡喜而成爲詩
石頭　是因爲悲傷而成爲玉

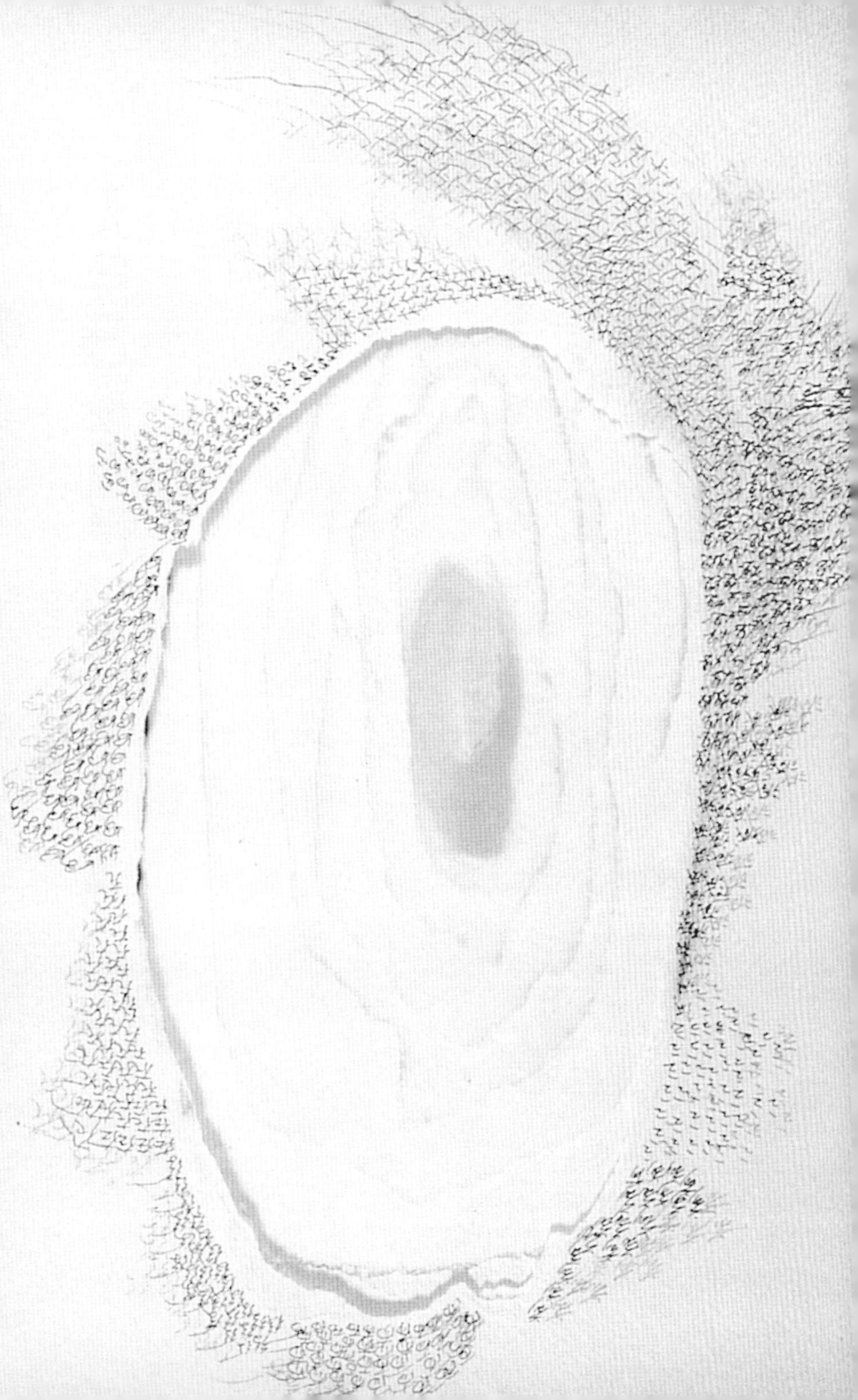

天空已經關閉

——寫給虛擬世界

ENTER
我抬頭仰望天空的時候
天空已經關閉
那些在高處的雲彩　閃電　飛鳥　星星以及太陽
都像焚過的象形文字紛紛灑落大地
用帶著餘溫的岐義
在風中顫抖　被迫塗改整個世界的信仰

ENTER
天空已經關閉了
你的胸膛卻因爲熱血翻騰而打開

有千萬隻迷途的候鳥從血中驚醒
每一隻都興奮的趕往記憶的深淵盤旋
企圖把深淵飛成另一片天空

ENTER

而後我們低頭鳥瞰
另一片天空不斷的湧出淚與影子
那一些低處的泥濘 岩石 厥草 虫獸以及人群
都像浮出的眞相掙扎著尋找亮光
用帶著波動的辯證
在歷史的晶體中繁殖
在終端機裡　拼湊著各種天空的碎片
ESC.

輪迴

午夜的天空
懺悔式的下過一場大雨之後
墓地上長出了一叢叢的人面桃花
有的望著來世
有的　看著今生

撲動著罪孽翅膀的蜂與蝶
紛紛從虛擬世界趕來採集花粉和蜜
有些採到了悔
有些集到了怨
又忙著趕向墓地外的虛擬世界去

黎明的天空
頓悟式的颳起了一陣熱風之後
墓地出口的路樹上
結出了纍纍的人面果實
有的喜歡在雨中點頭
有的　喜歡在風中搖頭

新〈蝴蝶理論〉

在沈默的曠野裡
我隨手摘下一片樹葉
一隻狼突然在遠方哀嚎了起來
整個曠野跟著呼痛

在無聲的海岸邊
我順手丟下一片石頭
一條鯨魚突然在北極跳出海面
整個海洋跟著晃動

在空白的電腦終端機上

我隨意的鍵入一首情詩
所有南方的植物突然一齊開出花朵
整個地球軌道跟著傾斜

註釋：〈蝴蝶理論〉是量子力學發達以後新興的，和「測不準原理」以及「超導理論」有關的「因果論」。在這之後，「貝爾定理」（Bell's theorem）也指出：一個物理體系如果分裂爲二，在這物理上屬分離的體系間必然仍存在著某種關連性，舉例而言：一隻在北京拍動翅膀的蝴蝶經由某種匪夷所思的因果途徑，可能會導致歐洲北部某處的一場大雪。這就是所謂的〈蝴蝶理論〉的概念。

美麗新世界

探母病路過兒童癌症病房偶見有感

像撐起整個地球
黎明時分
才六歲的你撐起自己孱弱有如白紙的身軀
蹣跚的站在病床邊
對著驚醒而兩眼惺忪的父母親鞠躬道謝
然後氣絕倒地
臉上沒有一滴淚水
只有手中緊緊握著
你前幾天用心描繪的新世界圖畫
從癌症病房到新世界必須經過徹骨的痛
而且沒有罪和慾望纏身才行
痛 你已經忍受
罪 你所犯的最大罪過

也不過是曾經因爲貪吃而打破了一個糖罐
在你小小的身軀裡
多虧癌細胞的侵蝕
使所有的罪和慾望都來不及成長
因此你是聖潔的
你的隆重感恩
已經讓整個黑暗的世界突然亮了起來
我雖然只是路過
卻已經因爲你的指引而看到了神
有人把你的新世界圖畫貼在病房的牆壁上
畫面是已經長大的你
坐在巨大的終端機螢幕裡
像天使一樣的微笑看著螢幕外的父母
和此刻這一張路過仰望
心痛淚流的面孔

肉身大懺

脫下上衣
讓我看看妳的心臟
看妳的心臟是否皎潔如昔
未曾因爲我的心遮擋而發生日蝕

脫下褲子
讓我看看妳的子宮
看妳的子宮是否莊嚴如初
未曾因爲我的朝拜而積滿香灰

脫光全身吧
讓我看看妳的骨頭與血
看妳的骨頭是否堅挺如玉

未曾因爲我的擁抱而磨搓成刺
看妳的血是否仍然嚮往玫瑰
未曾因爲我的纏吻而沸騰如火

脫光妳的肉體吧　脫光妳的今生今世
讓我看看妳的靈魂與罪
看妳的靈魂是否無怨無悔
未曾因爲我的耽溺而留下一絲傷痕
看妳的罪是否可以壓縮成蛹
在虛擬程式中孵化成一隻淫蕩的蝴蝶

淡水河上飄滿象形文字的碎片

20世紀的某一天
我站在淡水河口等待我的情人從海上歸來
淡水河上飄滿象形文字的碎片
正依照風的文法與雲的節奏
隨波蕩漾的重組著一段島的歷史
我的情人從水面撈起愛與恨的兩種詞彙
匆匆上岸
遞給我的卻是愛恨相遇焚燃之後
屬於這座島上的一片灰燼

淡水河上飄滿心的碎片
在黃昏的夕陽下隨著嶙峋的波光閃爍
屬於過去的和未來的碎片
屬於情人的和仇人的碎片
屬於現實的和夢境的碎片

屬於謊話和信仰的碎片
屬於血的和火的碎片
從河的支流漂盪到島上的每個角落
壓縮到無數體內的每一個細胞裡

21世紀的某一天
我站在淡水河口送走我們的小孩
淡水河上飄滿數位符號的碎片
正依照海洋的文法與晨曦的邏輯
波瀾壯闊的重組著一段島的未來
我們的小孩從海面撈起解壓縮過的歷史病毒
微笑著離去
留給我的是一片愛恨辯證、繁殖之後
記憶著整座島的命運
噗噗跳動有如胚胎的晶體
淡水河上飄滿陽光的碎片

心的相對論

在每一天的天空下
我們都可以看見因爲仰望而留下的足跡
在每一夜的燈光下
我們都可以看見因爲懺悔而淚流的眼睛
當地球不斷旋轉
我們可以看見每一朶雲下面
都有因爲背叛自己而遺失影子的人

足跡 淚水和影子都在我們心的下方
天空和雲在心的上面
懺悔在心中

燈則因爲我們對黑暗的需要
出現在心的前方或是背面
你知道這一切的意義嗎？

在每一顆心的上方
我們都可以看見因爲悲傷而留下痕跡的天空
在每一片黑暗的背後
我們都可以看見因爲羞愧而低頭不語的燈
當新世紀以心跳的速度來到
我們可以看見每一個影子上面
都有因爲找到了自己而化成大雨的雲

灰燼說法

文字與數位

午夜吹入窗內的風中
隱藏著許多以電波聲響喧嘩過的謊話痕跡
當遠方有人因爲相信而呼喚我的名
風立刻掀開我的床褥
把赤裸的我交給床頭一盞拒絕熄滅的燈

如此在我昂然挺立的祖器周圍
一則完美的沒有破綻的謊話跟著現身　下跪
像朝拜眞理那樣的低頭虔誠膜拜
等我賜她名分
讓她奏電波中繼續光榮閃爍　造謠

2000年以後
那則謊話果然變成了眞理
並且懷孕
她像不斷傳道 繁殖的晶體
不停的複製我掛在燈下的影子和罪
不停的像戶外的天空和室內的終端機
鼓吹一切虛擬的希望和衝動
我終於決定起身勸阻
卻已因爲縱欲過度而化成了灰燼
散佈成以上二十行仍然火燙的文字

密碼

才輸入一個密碼
整個世界便開始氧化
所有的女人充滿了愛
所有的男人充滿了慾望

才輸入一個密碼
整個世界便開始還原
所有的女人化成了水
所有的男人　化成了灰燼

金剛持

我會在西藏高原爲你們插上風旗
祈你們慈悲
我會在龐貝古城爲你們埋下姓名
消你們罪惡
我會在台灣海峽爲你們丟下浮瓶
求你們智慧
我會在終端機裡爲你們設定咒語
祝你們幸福
嗡　嘛　呢　唄　咪　吽
我會把你們全身洗潔剖開 掏出心臟

祈你們慈悲
我會把你們全身血肉風乾 剔淨骨頭
消你們罪惡
我會把你們全身慾望抽離 摘下陽具
求你們智慧
我要把你們全身細胞複製 繁殖晶體
祝你們幸福
鎢 鎷 鋰 鋇 銤 鎶

二十一世紀第一班列車來了

二十世紀最後一班捷運列車駛出城市之後
窗外升起一串串忙著愛撫天空的煙火 以及
二十一世紀第一瞬間響起的如雷掌聲
從不斷爆裂抽搐 光彩繽紛的夜色子宮中
新的一切像初生嬰兒一樣的落地
無聲無息

而跨越兩個世紀從妳眼底掉落的淚水啊
此刻正對著二十世紀就已經站在妳面前的我
淚珠的下半球和上半球擁有不同的時代
卻都一樣的濕一樣的鹹

在妳那張已經完全過渡到二十一世紀的臉上
抄襲著某種舊時代同樣感動過妳的方式

如此 我們面對面站在彼此的影子中
用緊握的手掌輸送二十一世紀最新鮮的體溫給妳和我
直到千禧年後第一輛列車在第一道晨曦中
嶄嶄新新的從城外開來
我們連忙把舊時代的影子拋在月台上
相擁擠在車窗前數著躺在軌道兩邊
一路上無止無盡
來不及逃離二十世紀的殘肢和斷骸

附錄

杜十三歷年詩作選輯四十首（1982—1993）

●閩南語歌詩

●散文詩

愛撫（一）

凡經我愛撫的石頭，必將燃燒而成爲鑽石。

愛撫之後
多餘的一切就像枯葉落盡
只剩下妳的眼睛懸在天邊
像太陽般審視所有發生過的情節
我謙卑的面向著妳
用熱騰騰的血　進行艱難的光合作用
企圖讓乾渴的胴體長出新綠的枝
緊緊的　纏繞妳留在床上微溫的影子

之後我們一齊燃燒
妳焚成經文
我化成灰燼

愛撫（二）

愛撫之後
所有的歷史都像衣衫一般落盡
只剩下赤裸裸的真實以愛恨交織的姿勢掙扎
躺在時間的床上受孕
而後
我們正正經經的閱讀她所生的小孩
從他的容貌閱讀自己的容貌
從他的悲苦閱讀自己的悲苦

直到我們驚然發覺——
他的複雜竟然是由於他的無辜
他的深刻
竟然是由於他的宿命
新的歷史此刻正坐在窗口吮著奶嘴偷笑

等著我們繼續供給血淚餵他
然後看著他迅速長大成人
走開
學習更為煽情的愛撫

愛撫（三）

愛撫之後
所有的謊言便開始興奮
共同唆使南飛的候鳥掉頭北返
以宿命的人形飛翔　占領天空

我們只好低頭
用鳥獸的步伐在灰暗的土地上行走
一年又一年

將自己複製成深深淺淺的腳印
再用淚水灌溉使它生長
站成一株株張滿翅膀的明天

如今
我們仍然戴著人形面具
在過去和未來之間上下攀爬
模仿候鳥的感覺
企圖沿著年輪的紋路起飛
卻始終只能藉由愛撫
辛苦的讓一根根的時間砲管勃起
將自己發射——

在我們共同擁有的高潮頂端
尋找
撞擊天空的回聲

月亮之歌（一）

秋天以前我是沈默的
要等到了中秋以後
我才會把藏在胸口的月亮擦亮
在喝過一盅好酒之後的某個夜晚
拿出上弦的那一半欣賞妳的影子
之後　要等到那株曇花用妳心跳的速度
開放了
我才捨得把下弦的另一半掏出
在妳熱淚盈盈的眼底拼成
一輪驚心動魄的滿月

妳　即將張潮

月亮之歌（二）

退潮之後
那一輪明月擱淺在床上
以貪婪的光欣賞我們皎潔的肉體——
在我們未曾遭逢兵荒馬亂的容顏和脛骨之間
已經長滿了纖塵不染的空無和虛靜
等月亮旋轉著離開
我們仍然渴望著一次滿月——

我是上弦
妳是下弦

痛

我必須藉由一次誠摯的擁抱
用心吸取妳的體溫
才能使自己成熟
就像一粒種子一樣
因為崇拜土地裡血淚的溫度
才能結成果實

妳是我的泥土啊
多年以前
我把自己虔誠的種在妳的體內
就已經注定和妳不能分開
儘管風雨交加
我盤纏的根部早已深入妳的命運

在妳的每一個細胞內掙扎　生長
如此
經由妳的分裂
我興奮長出的每一片葉子都清晰的寫著妳的名字
我顫抖吐出的每一根枝
都掛著妳尖銳呼喊
綿綿不絕的
痛

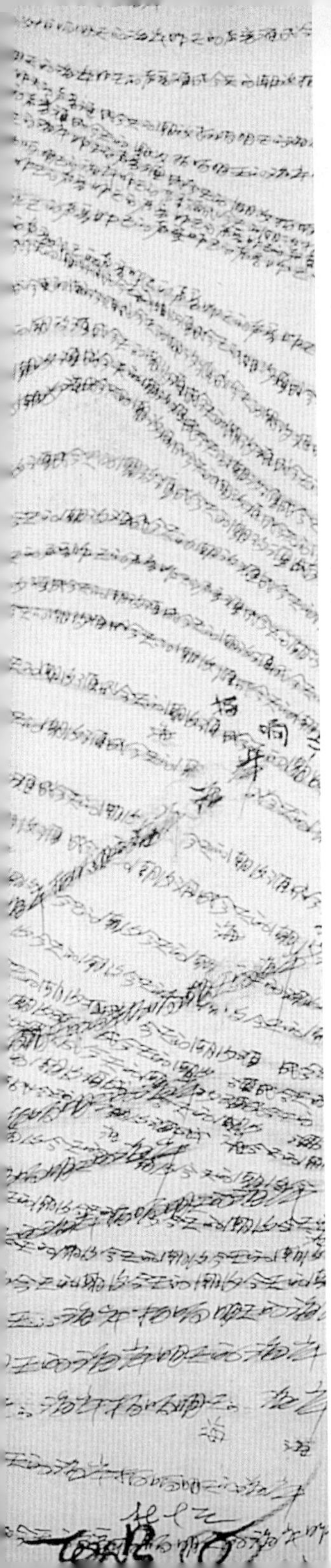

痕跡

飛過的天空沒有痕跡
只是開始下雨
我躲在黑暗的山谷中叫妳：
妳用慾望租來的那把傘帶來了嗎？

天空繼續下雨
我的全身都是妳飛過的痕跡

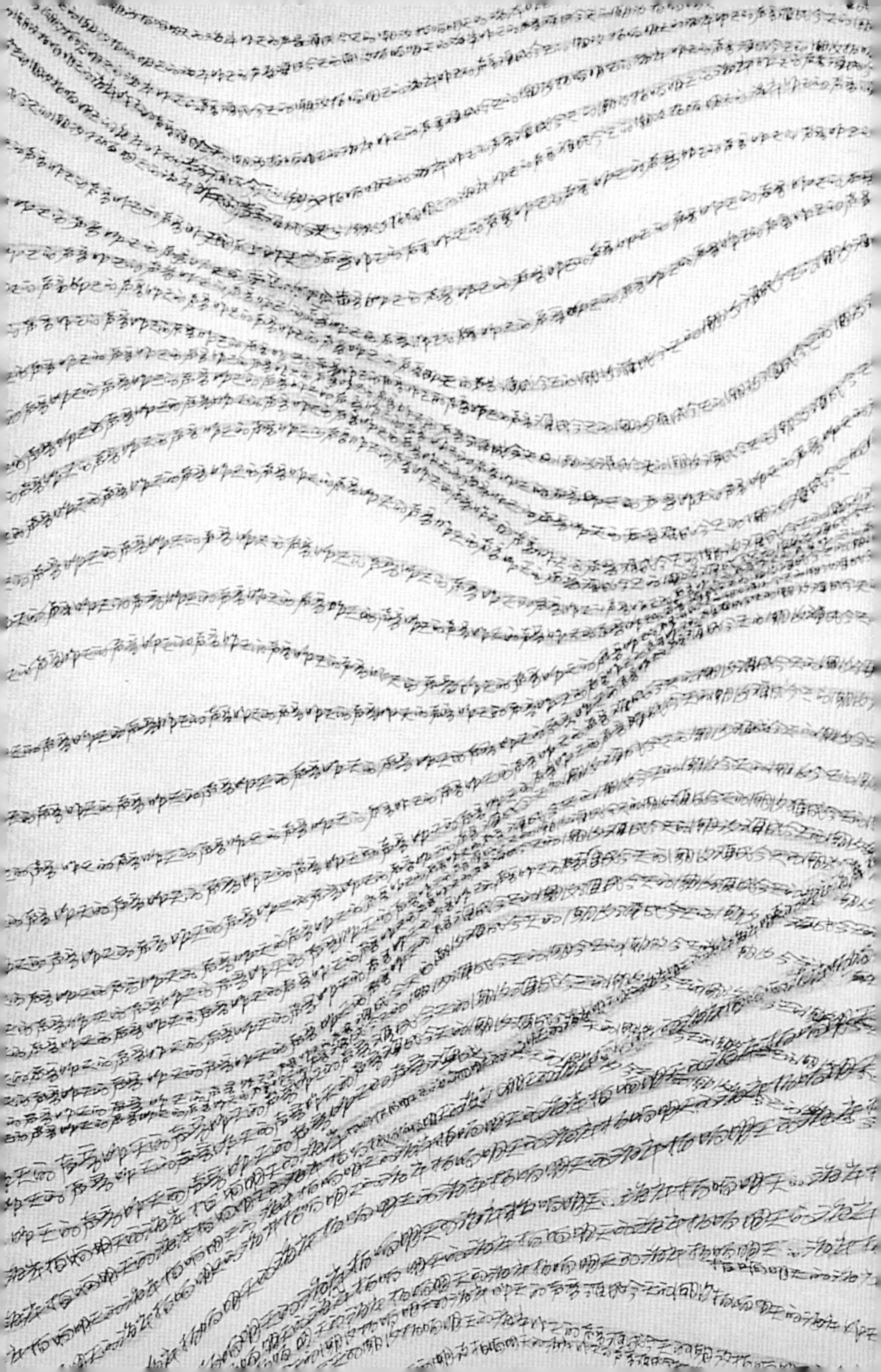

繩子

我只要求用一雙眼睛活著
朝夕看著妳那輪潮濕的
有如日昇月落的
紅脣
就已經滿足了

遞一根繩索給我吧
從喉嚨到腳底
請把我的慾望緊緊的捆綁起來
請把我吊在妳或者你的紅脣之前
而後咒詛我的一生

直到我溶化

直到我剩下一具童稚的骸骨　或者
一撮灰老的魔髮

懸崖

如果你在那個地方站得太久
肉體便會走開去犯罪
影子卻會留下來懺悔
而且
所有的道路也將因此崩塌成爲懸崖
整座的天空也將因此破碎成爲玻璃

如此你將開始交互跳躍著消磨時間
在懸崖和玻璃之間
在太陽和月亮之間
在花蕊和荊棘之間
在火焰和冰層之間

在死亡和高潮之間
在真理和謊話之間
一路上交互著跳躍

直到枯瘦的膝蓋長滿肥厚的繭
你又會摸索著日漸模糊的腳掌紋
回到那個長滿慾望的地方站立——
看著肉體走開去犯罪
看著
影子跪下來懺悔

孵

一隻用謠言孵出的鷹
從他喉底深處的巢穴中
興奮的
飛出

謠言展開刀刃般的翅膀
殘忍的劃過天空
讓白晝的風景染成帶血的黃昏

天空始終沈默
用沈默結成繭
孵出了太陽

青玉案——仿辛棄疾〈元夕〉

霓虹夜放蝶萬雙
我們是從你們冷漠的眼角起飛的
上高樓　舞街巷
沿著你們筆直堅硬的格言
我們在地下降落　在繽紛的燈下取暖
碧男紅女煙茫茫
並且　在酒精裡萃取勇氣
在煙霧中尋找夢境
搖滾聲動　儷影逐光
終於學會了　用 DISCO 舞步接觸地球
用白粉大麻接觸亮光
一夕數迷惘
以及　把一個輕盈的夜色

分裝成無數個上升的泡沫……
紅中白板黑金粧
金屬是最光鮮的質材
黑色　是最迷人的顏色了
媚眼生波濃香喘
我們散發相同的香味　突出相似的個性
彼此吸引團結　共同叛逆
衆裡尋她髮如浪
如此你們再也找不到我們
正如同你們也找不到自己一樣——
驀然回首
請努力的回頭想想
你們所曾經擁有過的青春吧
那人躺在
那兒　是不是也有一個青純如玉

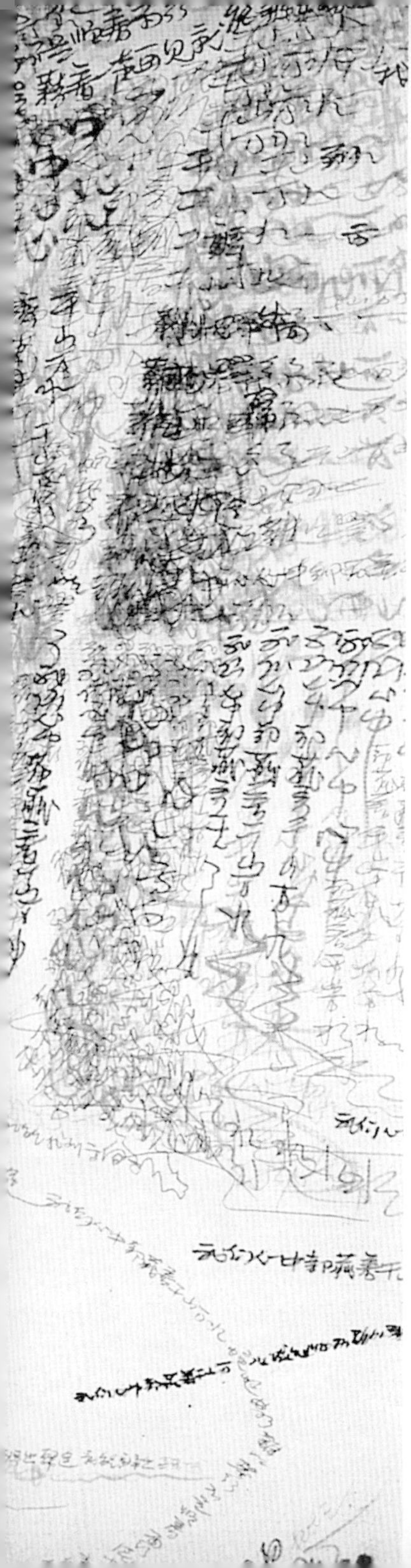

名叫愛的小孩
只是因為迷路
安非他命床
就被人陷害
至今仍然躺在火車轟隆來去的鐵軌上？

．後記：本文舊詩詞爲作者所塡

Touching

20 years ago
I touch the sky by thinking
I touch the fire by kissing
I touch the wind by running
I touch the earth by dancing

10 years ago
I touch the air by smoking
I touch the dream by drinking
I touch the world by fucking
I touch the money by cheating
I touch the time by losing
And now

愛撫

20萬年以前
我用思想在妳的乳房愛撫
我用寓言在妳的紅唇廝磨
我用諾言在妳的肚臍奔跑
我用詩詞在妳的腿間舞蹈

10萬年以前
我用香煙品嘗妳的氣息
我用烈酒接觸妳的夢境
我用陽具探索妳的世界
我用謊言偷取妳的智慧
我用短暫佔領妳的永恆
而現在

I think about human-space like the sun moving
round by round
up and down……
How can I touch love by giving
How can I touch soil by planting
How can I touch human-being by loving
Oh!
How can I touch life by believing???
Touching
Touching
Touching
…………

我像月亮一樣的思考所有的女人
一圈又一圈
上上又下下
我如何用給予愛撫愛情呢？
我如何用種植愛撫土地呢？
我如何用淚水愛撫人類呢？
哎！
我如何用信仰愛撫生命？？？
愛撫
愛撫
愛撫
…………

．後記：一、本文英詩爲作者所作。
二、本詩中文部份不是英文部份的翻譯。

不敢和妳相擁

Enter

不敢和妳相擁
怕相擁之後化成嶙峋的岩石
引來潮水洶湧拍打
且將從此喪失行走的樂趣
只能定點仰望與期待
這是個什麼樣的年代啊
如此相愛而不能接觸
如此思想而不能實踐
如此
如此疼痛而不能叫喊

Enter

不敢和妳相擁
怕相擁之後化成枯槁的草木
引來火焰凶殘焚燒
且將從此遺忘抽芽的姿勢
只能左右搖擺與掙扎
這是個什麼樣的世界啊
如此思念而不能探望
如此頓悟而不能救贖
如此
如此謙卑而不能繁榮

只能癡傻的望著
昨天的太陽凶猛的照出
今天的影子　去年的膿腫
猖狂的折斷
今年的骨頭
剩下的一根骨刺終於怯怯的
從我的瞳孔伸出了
我渴望著和妳擁抱
卻看到了妳的體內
一個時代的時髦形骸
轟　轟　轟　轟然倒塌
那可是我們曾經用心建築的謊言？
Esc　Esc

只能無助的看著
前世的月光嫵媚的映出
今世的形貌　上一代的苔蘚
蔓蔓的阻絕
這一代的枝
剩下的一片葉子只能絕望的
從我的掌心翻出了
我渴望著和妳擁抱
卻看到了你的胸膛
一個世紀的霓虹閃爍
倏地熄滅　滅　滅　滅
那可是我們曾經努力追求的高潮？
Esc　Esc

打電話

黑暗中
遙遠的妳突然哭泣　不再説話
只把話筒貼在胸口
用噗噗的心跳回答我殷切的呼喚
如此
我學會了從妳的心跳聲中
打聽宇宙所有的消息
卻逐漸的聽到了　大水的聲音
　　　　　　　　砲火的聲音
　　　　　　　　地球墜落的聲音

風

風起的時候
一隻蜻蜓從池塘的皺紋上面起飛

一株花拒絕了一隻蝴蝶
一朵雲推開了一座山
一顆松樹的影子學會了走路
一公頃的稻子想起了海洋
一粒果實發現了土地
……
風吹了卅年
童年那一隻斷了線的風箏
才於昨天午後三點

沿著兩行新長的皺紋
疲倦的在我的臉上降落

煉

攝氏三十七度的夏日奪門撞進的時候
你以牆的姿勢端坐窗前
任一道凶猛的陽光恣意的在你臉上搜索
你依然不動聲色
拒絕交出藏在心底的
一幅春天的風景

熾烈的煎熬使你的雙眼明亮
使你的孤獨挺拔起來
在接踵而至的
風與蟬鳴放縱的甜言蜜語蠱惑之下
你還是固執的使用傲岸的嘴角

抵抗所有多餘的溫度
讓一滴滴高貴的汗水淌向內心陰涼的角落
結晶成為
一
株
蘭
花

而在你的胸前左側
幾條皺紋的上端
滴答的時鐘正和日曆交談
太陽走了之後
一盞燈把它們的談話翻譯成你的影子
噹的一聲
烙在牆上

輪椅

你說你是四十年前逃到台灣的
卻只逃來了上半身
下半身卻仍然陷在河南跋涉
仍然要歷經土改、文革、三反、五反……
於是下半身中風麻痺
必須使用輪椅

今年中元你終於回家了
用福態十足的上半身推著
嶄新的輪椅
沿著粵漢和平漢鐵路尋找
連接土地的另一段——

左腳　沿著童年河邊的小徑跑來了
右腿　踏過母親墳前的草叢跑來了
你忍住癒合的痛楚在黃河邊蹣跚站起
卻看到了
數千年來潮水般想家的遊魂模仿著你
推著——
輪椅上的歷史
沿著淮河　長江
一路嚎啕
呼
喚

女人

女人躺下來
夜色就
深了

男人脫光衣服
從夜色的那一邊
游
泳
過
來
…

女人站起來
太陽跟著
昇起

男人開始工作

橋

他把一句謊話吐在地上
變成一座橋
架在兩岸之間

河水不相信
從橋底下走過

煤

寫給 73 年 7 月煤山礦災死難的 67 名礦工

孩子
我們生命中的色彩
是註定要從黑色的地層下面　挖出來的
家裡飯桌上　綠色的菜
白色的米
街頭二輪的彩色電影
媽媽的紅拖鞋
姐姐的綠色香皂
還有你的黃色書包
都是需要阿爸　流汗
從黑色的洞裡　挖出來的

今後阿爸不再陪你了
因為阿爸要到更深　更黑的地方
再為你　挖出一條
有藍色天空的路來

阿爸　你不要再騙我了
家裡面所有的色彩
其實　都是假的
我早就知道
家裡的飯菜是煤做的
媽媽的笑容姐姐的衣裳
還有我的課本和鉛筆……
統統都是煤做的
甚至連您啊　我想念的阿爸
不也是煤做的嗎？

他們說：煤不再值錢了
可是　阿爸
我卻寧願丟掉所有的色彩
陪著媽媽　姐姐
守在洞口
拚命的用眼睛去挖　去挖
挖出一具
黑色的
阿
爸

・一九八四年十月

妳

我隔著春天一整季的花朵　偷偷看妳
千層紅之外
我把妳看成一輪彩虹
看成一幕晚霞
萬層紫之間
我把妳看成一團火焰
看成一隻鳳凰

我隔著夏天的一片海洋　靜靜聽妳
風聲之末
我把妳聽成一首老歌
聽成一串鐘聲

濤音之中
我把妳聽成一陣夜雨
聽成一聲　再見．．．

秋天來了　我趕在往事的途中
隔著一道皺紋悄悄的想妳
暮色之中
我把妳想成一顆楓樹
想成一隻歸雁
斑髮之端
我把妳想成一朵流雲
想成一片月光

而在寒冷的冬夜裡啊
我癡情的隔著一層冰雪　輕輕吻妳

隔著夢
我把妳吻成一座青山
吻成一條河流
含著淚
我把妳吻成一隻蝴蝶
吻成一朵
帶血的玫瑰

·一九八二年四月

傷痕

手與手分離之後
眼與眼仍然相偎廝磨
在站著的夜色和躺著的離愁之間
千條雨絲是凝固的聲音
萬盞燈火
是醒來的昨日

我們心中都藏著千山萬水
蜿蜒曲折　難以攀行
不是順著兩行淚水就能找到方向
也不是藉著一聲再見就能辨出歸途
我們迷失

是因為山崖水際
日出　月落
沒有痕跡

唇與唇分離之後
臉與臉仍然相互留連
在站起的離愁和躺下的夜色之間
我默默的用香煙點起一陣晨霧
妳偷偷的用口紅塗去一片
紫色的傷痕

・一九八四年五月

岸

月蝕時分
我撐槳而立
順著妳的淚水南下
在險峻的兩峰之間
回顧妳
星光迷離的面孔

妳的眼已夜
妳的額已秋
妳的髮已雪
妳的唇
卻如夏日乾涸的井
用絲絲龜裂的聲音

呼喚著我
體內逐漸形成的一注清泉

我撐槳而立
伸手把滿天窺視的星斗
背向妳癡情的姿勢
重新排列

等妳躺成温柔的兩岸
我乃如一條甦醒的江河
朝妳幽遠的深處
流
去

・一九八五年六月

隧道

妳終於醒來
從心底最深的一條隧道走出
在坑口與我會面
長久的黑泥塵封
我發現
妳已經不能言語
不能表情
只能癡傻的
等著陽光再度承認
妳那張模糊不清的
臉

妳一定很累
在長途跋涉與尋找光源的努力之后
面對著美麗的世界
卻已經目盲

而多年以前
我在前世為妳準備的——
一封簡易的情書
此刻對妳而言
也因為長滿苔蘚而變得艱深難懂

因此
妳必須重新學習
從微笑的基本動作
到做愛的複雜姿勢
用心摸索——

我已經決定
用一枚沈默的癡情引爆自己
在生鏽的心底炸開一條通往永恆的隧道
等
妳

一九八五年八月

搶菰

咚咚……咚
大家來𨑨迌
海邊仔搭起一棚大戲台
叫大家來搶菰

台仔腳　有風也有雨
有目屎　也有艱苦
台仔頂　有魚也有肉
有順風旗　也有金庫
有人爬就天
有人墮落土
有人笑哎哎
有人枵腹肚

這款兮世界汝敢爬有路

咚咚……咚
大家來迌迌
人生搭起一棚大戲台
迫大家來搶菰
台仔腳有蚊仔有戶神
有寂寞也有煩惱
台仔頂　有頭也有面
有花園　也有關刀
有人爬就天
有人墜落土
有人眞精采
有人紅目眶
這款兮人生

汝敢爬有路

愛爬愛爬愛爬就有路
不管伊柱仔大棵
身軀濕糊糊
毋驚摔　毋驚伊天烏烏
爬去哩就有大條路
嘿　大家來日月
大家來搶菰
咚咚……咚

後記：本詩爲台灣十二唱之第一唱，係寫給三〇年代認命、搏命的台灣。
註釋：搶菰：搶孤　枵腹肚：餓肚子　汝：你　户神：蒼蠅

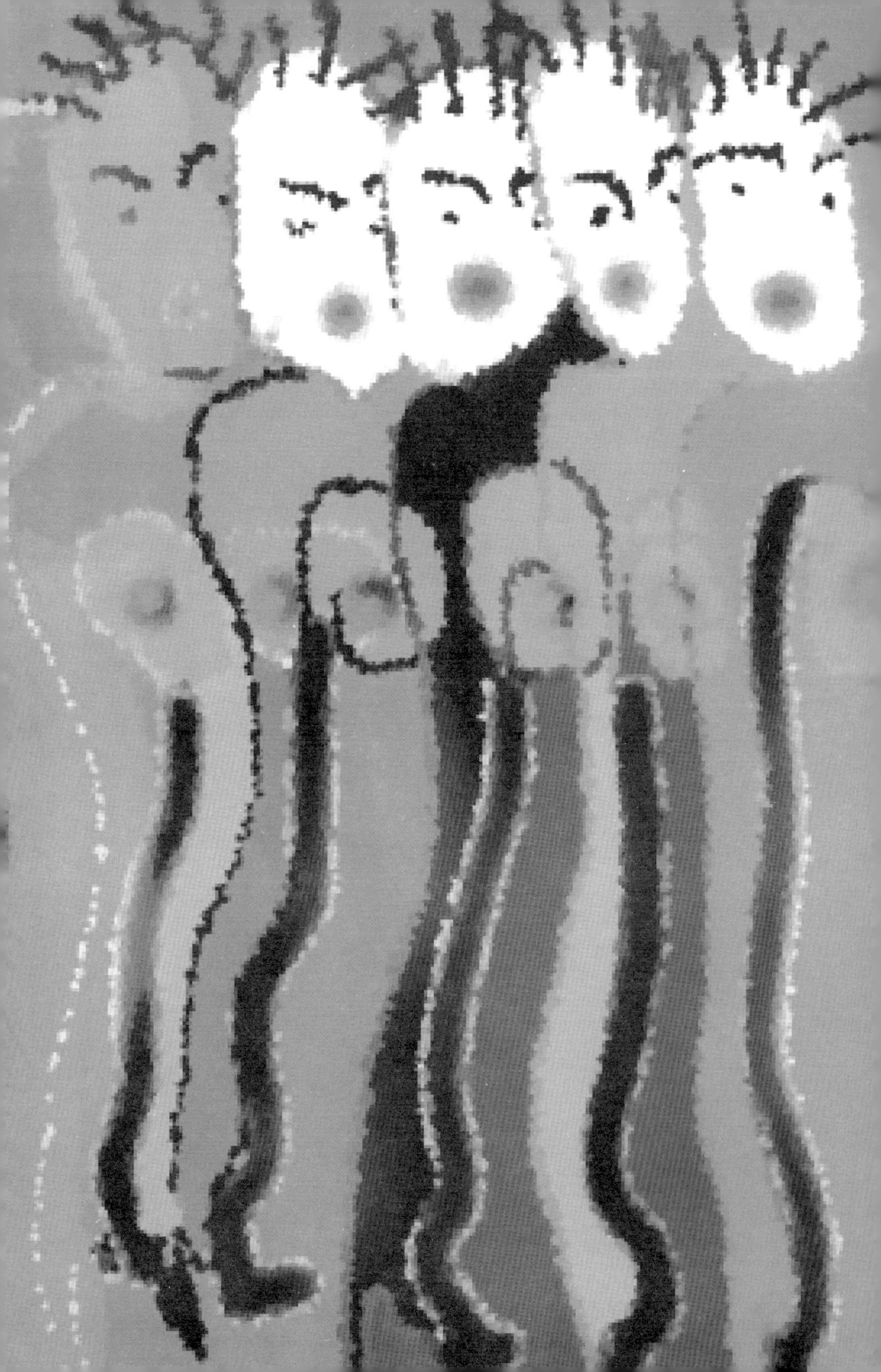

一支弦仔

一支弦仔
置天地中間　直直搖
直直搖
搖出了歌聲
搖出了風雨
搖出了傷心兮目屎
輕輕兮
直直　直直搖

一把火
置心肝內底　直直燒
直直燒
燒出了思念

燒出了哀怨
燒出了恨悔兮夢境
寂寞兮
直直　直直燒

一個人
置山水中間　直直叫
直直叫
叫出了過去
叫出了前世
叫出了熟悉兮人影
痴情兮
直直　直直叫

心碎兮人

汝　敢無看看
弦仔　已經斷去
人　已經老去
是按怎
汝猶佇置遐
用頭輕輕
直直　直直
直直搖

後記：本詩爲台灣十二唱之第四唱，係寫給四〇年代，光復後至228，被時勢壓迫的台灣。

註釋：按怎：爲什麼　佇置遐：站在那

以再拉皮整形嗎
中的真理可以再傳真校
不可以
可以

看阮兮目睭

這兮時辰　置寂寞兮天地中
阮恬恬直直看汝
親像月娘看著大海　阮
看著汝兮人影置遐漂泊
看著汝兮心事置遐浮動
看著汝兮生命親像海湧
搧著痛苦兮海岸
變成皺紋　一波擱一波
位昨昏捲到今（啊）日兮額頭
恬恬夯起　看著阮兮目睭
這兮時辰　置淒迷兮世界中

阮認眞　直直看汝
親像星星看著花蕊
阮看著汝兮面容置遐期待
看著汝兮孤影置遐彳亍

看著汝兮青春猶未發芽
搧著寒冷兮冬雪
變成目屎
一粒擱一粒
位前世滴到今生兮目
恬恬夯起
看著阮兮目睭

阮兮目睭內底有汝生命兮火
看阮兮目睭

阮兮目睭內底有汝一生兮夢
看阮兮目睭
阮兮目睭內底有汝溫柔兮海岸

看阮兮目睭
阮兮目睭內底有汝清楚兮天地
看阮兮目睭　看阮兮目睭
・・・

後記：本詩爲台灣十二唱之第八唱，係寫給七〇年代眞情流露的台灣。

註釋：遐：那裡

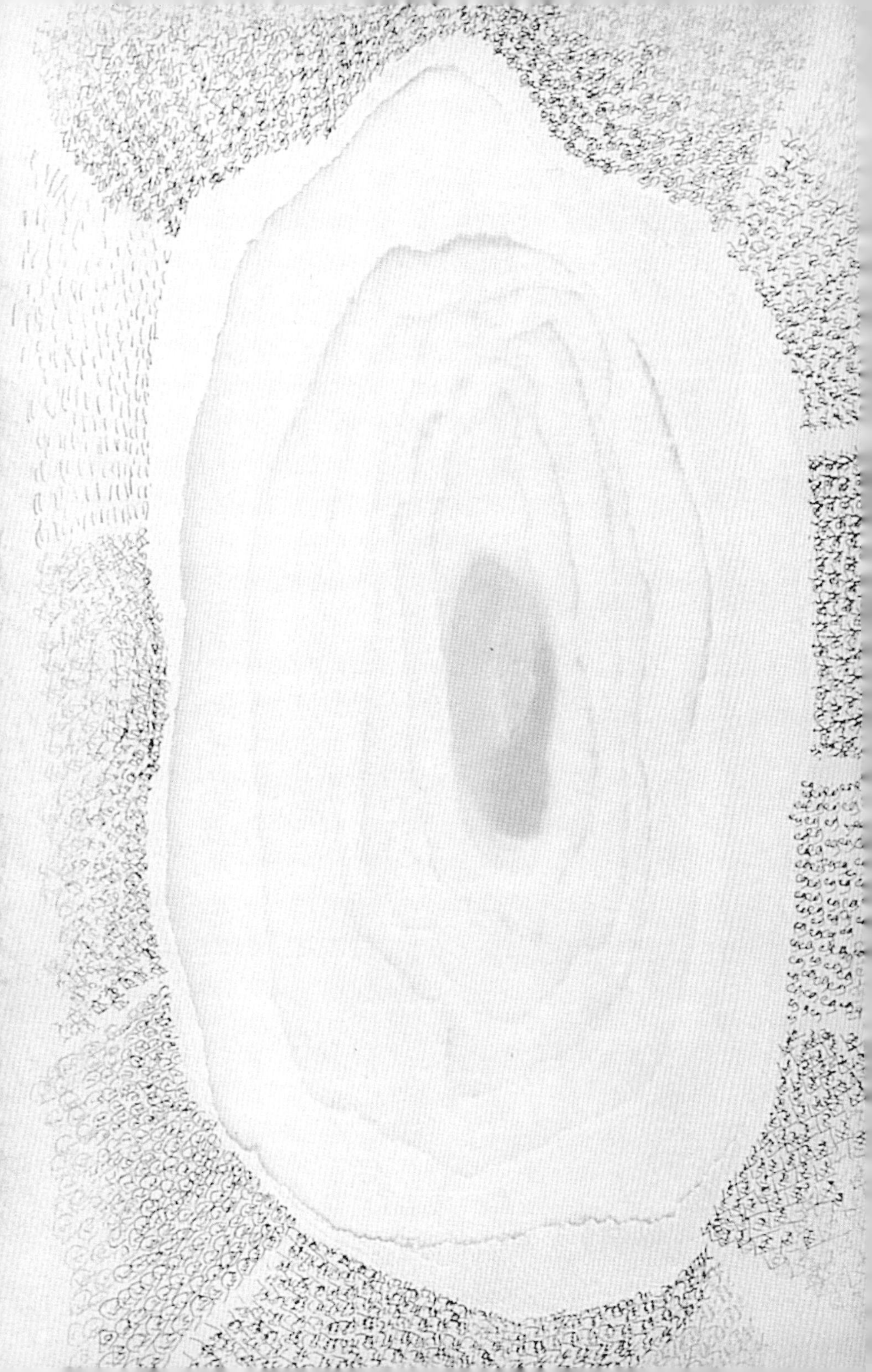

鐵路兮聲音

鐵路兮聲音　是阮故鄉兮聲
鐵路兮聲音　是阮少年兮聲
鐵路兮聲音　是阮心頭恨悔兮聲

鐵路兮聲
一陣一陣　一句一句
位遠遠直直來
轟隆轟隆　啪啦啪啦
置阮兮心肝內底　直直響
直直陳　直直喊　直直直直喊——
嗚嚕嗚嚕　切決　切決
位汝兮心肝頭　直直去　直直去
直直　直直去

鐵路兮聲　是汝昨昏兮聲
鐵路兮聲是汝離開兮聲
鐵路兮聲　是汝流目屎兮聲
鐵路兮聲　一陣一陣　一句一句
位過去直直來
轟隆　轟隆
啪啦啪啦
置阮兮夢中　直直響　直直陳
直直喊　直直　直直喊——
嗚嚕　嗚嚕　切決　切決
位阮兮心肝直直來　直直來
直直　直直來

哦　鐵路兮聲音　是火燒兮聲

鐵路兮聲音是大水來兮聲
鐵路兮聲音是地球崩去兮聲
咱兮心肝是兩個未當相堵兮車站
只有拽一下手　看著火車來來去去
去去來來
嗚嗚……嗚嗚……

鐵路兮聲
是咱分別兮聲
鐵路兮聲
是咱老去兮聲
鐵路兮聲
是咱不再相會兮聲
轟隆　轟隆　啪啦啪啦
位汝兮心肝內底　直直響　直直陳

直直　直直喊——
嗚嚕嗚嚕　切決切決
位汝兮心肝頭　直直去　直直去
直直　直直去・・・

鐵路　是土地兮吉他

後記：本詩爲台灣十二唱第七唱，係寫給七〇年代充滿期待的台灣。

註釋：嗚嚕：火車叫的聲音　切決：火車走的聲音

地下少年

置這兮烏暗兮世界中
只有天邊兮月夾路邊兮燈火
護阮光明
　這兮寒冷兮世界上
只有桌頂兮酒夾手中兮酒
護阮溫暖
都市兮心臟直直跳動
沈重親像打鼓兮聲
配合著阮兮呼吸
一陣擱一陣　位地下
直直傳來

少年兮　汝敢無聽著
這就是世界沈落去兮聲
欺騙兮聲　搶劫兮聲　六合彩兮聲
國會相打兮聲　槍子相碰兮聲……
跳啦　跳啦　呼啦　呼啦
咱只有拚命搖動雙手
互相解救
啪啪啪
置這兮烏暗兮世界中
只有汝兮目　夾汝兮笑容
護阮光明
置這兮寒冷兮世界上
只有汝兮嘴唇夾汝兮雙手
護阮溫暖
都市兮心臟直直跳動

紛亂親像吉他兮聲
配合著咱兮腳步
一陣擱一陣
位地下直直傳來

少年仔　汝敢無聽著
嗟　就是世界怨嘆兮聲
相嚷兮聲 卜巧兮聲

「關說」兮聲 陷害人兮聲
爸母相罵兮聲
跳啦跳啦　呼啦呼啦
咱只有認眞踩著地球　互相搗燒
啪啪啪
跳啦跳啦　呼啦呼啦

咱只有拚命搖動雙手　互相解救

啪啪啪

後記：本詩爲台灣十二唱第十唱，係寫給八〇年代物慾飛騰的台灣

註釋：卜巧：賭博

海風落帆

位淡水河行轉來兮時辰
海風一陣擱一陣
直直吹來
阮兮心肝親像搭起兮船帆
順著海風吹來兮方向行動
忽然間
剎來想起台灣兮過去
一項擱一項

台灣兮過去親像斑駁兮紅毛城
恬恬佇置黃昏　向著無聲兮海岸
戲已經散
城猶未空

台灣兮過去親像飄泊兮鄭王公
位對岸兮明朝來到此岸兮清朝
夢已經醒
心　猶未放

台灣兮過去親像鹹鹹兮海風
位遠遠吹動阮心內搭起兮船帆
直直吹來直直送
寂寞兮人影親像孤單兮船出港
海水冷冷
天地茫茫

位淡水河行轉來兮時辰
海風一陣擱一陣
漸漸恬去

阮心內過去搭起兮船帆
向著滿天星星
慢慢來放空
忽然間
刹來想起台灣兮將來
一項擱一項

後記：本詩爲台灣十二唱之第十二唱，係寫給九〇年代沈思、重整的台灣。

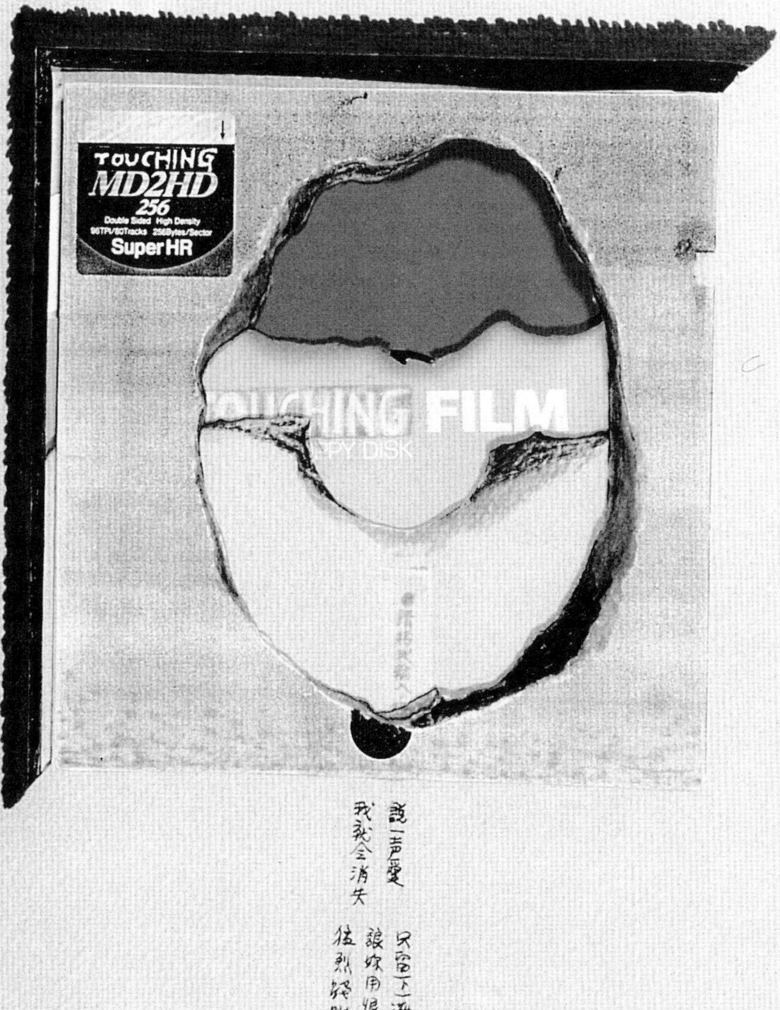

鞋

說一声愛
我就会消失

只留下一灘淚水
讓妳用恨
猛烈踩踏

直到太陽出來
直到妳遺棄的
凝固成為一只清晰的

鞋印

九八・七

人

一個老人坐在公園的椅子上，面對著一棵大樹沈思。

黃昏的陽光從背後把他的影子烙在樹幹，一齊撐住頂上一樹濃密的枝葉、一座若隱若現的鳥巢，和一幕佈滿晚霞的天空。

風吹過，老人開始懺悔，樹幹上的影子便隨著他的懺詞慢慢的變幻：由人而猴、而牛、而貓、而鼠，再變成狗、變成蛇、變成馬、變成豬，接著，又變成駱駝、變成老虎、變成獅子……。樹因此旋轉年輪，並且愈長愈高，直到枝叢中的鳥兒驚嚇得傾巢而出，在天上快速的以人字飛行而過……。

天空緩緩的轉成一片深邃的湛藍。椅子上，只留下一灘淚水，和一個嚎啕大哭的嬰兒。

一九八六年三月

螢火蟲

●灰燼懺悔成爲光。

我跪在一片黑暗中懺悔。

面對自己的罪，天是黑的，地是黑的，雙手伸出可及的四週也是黑的，然而值得安慰的是，我還擁有一片沒有雜音的寂靜，可以用來傾聽自己眞實的心跳——心跳聲中有父母的嘆息，有情人的啜泣，有斷裂的琴音，有囂狂的歌詩，有貪婪的酒鼾，有瘋癲的妄語，也有山河的迴響，草木的輕嘯，海水的拍擊，鐵軌的震顫，輪渡的警笛……慢慢的，我聽見母親呼喚我名字的聲音，聽見淚水滾落地面的聲音，聽見一群翅膀拍動的聲音——

一群螢火蟲，從我童年的草叢中起飛了，牠們正穿過重重的黑暗趕來爲我照路，要帶我回到四十年前老家門口，那灣清澈、無邪的河畔。

一九九四年九月二十五日

泉水

●人身如墨，卻喜用語言洗滌自己。愈洗愈黑，愈濁，愈小，愈渾……

爲了洗去全身的疲憊和骯髒，他想起了深山裡面，據說由某位高僧臨終時唾出的口水化成的，那一口帶著濃濃硫黃味道的泉水。

泉水在山坳裡面，必須走很遠的坡路來到山腳下繼續步行，然後穿過好幾處溪澗，好幾叢樹林、好幾窪谷地，一直顛簸著朝著嗆鼻的硫黃味走，才能急速噗動著心臟，流著滿頭大汗來到那一處立碑寫著：「硫黃的味道就是眞理的味道」的溪泉所在地。溪泉是溫的，在清靜中飄浮著一層乳白的硫膜，沈默的像張開的一張大嘴，欲言又止的輕吐著縷縷的蒸氣，幾隻盤旋而至的烏鴉在上面繞了幾圈之後，便「是呀！是呀！」的嚷著立刻飛走了。底下，氤氳的泉水中，則是幾十個赤條條，年紀各殊形態各異的男子，或站或蹲或趴或仰的在裡邊盡情的舒展著自己。

他來到泉水邊，突然感到硫黃味道格外的令人興奮，便一面寬衣，一面模仿最後一隻烏鴉離去的叫聲，也跟著提高聲調沒頭沒腦的對著那一群人大聲嚷嚷：

「你們都想把自己的罪洗乾淨嗎？」然後迅速的脫光自己，依例選在溪泉下游的缺口開始猛沖、猛刷自己的全身。半個鐘頭之後，當他打算泅近人群跟著大夥兒一齊在泉水中央徜徉之前，他先站了起來，從泉水裡小心翼翼的撈起自己潔淨非常的人皮，披在旁邊的石頭上晾曬。這個時候，他才發現觸目所及之處同樣盡是洗淨之後帶著硫黃味道，披在泉水外圍四周等著風乾消毒的人肝、人心、人肺、人腸……。

混濁的泉水開始汩動，慢慢的，沸騰了起來。

一九九四年九月二十五日

霧

● 霧非霧，樹非樹，只有在霧中及在樹下的人。

霧升起的時候，一棵樹迅速旋轉年輪，把樹梢伸長到氤氳的迷濛之外。

迷濛之外，是逐漸暗去的天色，和遠遠近近、高高低低，數百株在縹緲的濃霧中忽隱忽現的樹梢。而那一株急著把自己最綿密的頂端調整到整片樹木的最高處，用來監視遠方的動靜和白霧上升的速度的那棵樹，似乎是爲了逃離霧中的詭異迷離，或者，是爲了保護樹梢上的幾個鳥巢吧。

迷惘之內，則是無形的神祕和不可測的未知，在一片不安的湇靜中，間歇的從不同的方位傳來幾次鳥隻拍動翅膀、墜落，復又掙扎著拍動翅膀的聲響，以及，由遠而近，錚錚鏘鏘，用斧斤擊砍樹幹的迴音，間雜著陣陣男人的咳嗽，女人的尖叫，和匆匆促促窸窸窣窣的步履聲……。如此，整片濃霧就像暗藏危機，不斷逡巡浮動的白色恐怖，正繁殖著由輕而重，由小而大的驚慄，

從下往上的逐漸的占領了整座樹林。

霧在攻上樹梢的最頂端才逐漸地散去，然而，緊跟在後頭的，卻是一大片逐步逼現，脫去了白色煙霧面具的熊熊烈焰。

一九九五年一月十三日

墨

戰死之後，他被隨處掩埋，屍骨的一部分溶入了地底的碳層，百年後才被偶然挖出濃縮成碳精，輾轉被製成了墨條，又輾轉被陳列到文具店販售。

他的曾孫的兒子喜歡畫畫，偶然來到這家文具店，也偶然的看上了這一盒墨條，但見那墨黑得晶瑩剔透有若烏黝的松脂，輕敲桌面，清脆的聲響又有若堅硬的骨頭，便欣喜的買下，帶回家中使用。

他收集晨間的露水磨墨，研出的墨汁隱約透散出雄沈的芳香，有若曠野草叢中猛獸遺留的體味；他又用狼毫蘸汁在純棉的宣紙上試筆，墨色暈開有如雨入荷花，瀟灑勻順，毫無罣礙——如此，在那一間砌有兩道書牆，擺著一方長桌與各式文具，窗明几淨，視野遼闊得可以見到海水波蕩起伏的書房裡，他氣定神閒的繼續使用有如淚水般的晨露把祖先的屍骸磨成汁，手握嗅覺敏銳的野狼之毛編成的筆，攤開可以禦寒的棉花抽成的紙，大膽而細膩，暢快淋漓的完成了一幅巨大的人像——

畫面是一個解甲的戰士眺著家門，悲喜交加的張開雙手等待奔來的家人擁抱。氣韻生動，栩栩如生的戰士面孔，和他曾祖父的父親長得一模一樣。

一九九五年十二月十七日

槍

●必須抵抗自己對自己的侵略，趕在死亡之前再誕生一次。

他在曠野上舉起槍來，用心的瞄準前方。

前方是黯黯淡淡的一片，在微弱的月光反射下，只能依稀看到遠方的山巒像人形般躺在一叢樹林和一大片野草後面，就像一座酣睡中的臥佛。而濃濃的霧氣此刻正在無邊的闃靜中上升，在他文風不動、綳滿殺氣的緊張氛圍之下，似乎有意無意的想要製造大地飄渺的景況，用來遮掩幾粒果實的墜落、幾幾隻野鳥的驚起，和其他足以洩露整個曠野已經陷入不安的種種表情。

然而他始終不爲所動，一直用心的瞄準前方等待著獵物出現。儘管霧氣已經撲上了他的臉，曠野上沈寂得可以聽見花開的聲音和月亮下沈的節奏，他瞄準了廿年，才等到獵物的身影閃現，他立刻扣下板機。獵物應聲而倒之後，他趕上前去，興奮的翻開趴在草叢上的獵物的面孔——

那是他自己，是他活了幾十年卻仍然不認識的自己。

一九九六年八月十五日

錄相機

●無實相，無眞相，無相，凡以音相求我，必妄。——《金鋼經》

因爲工作的需要，他必須使用一類新型的錄相機，把這次旅途中所見的事物全部錄下。錄相機有一種最新的配備，可以在他對準備景象的時候，像人眼一樣的自動伸縮鏡頭對準焦距，但也可以迎合他即興的需要，以手動的方式把景像推遠或拉近。據說，以拉近的方式進行特寫，可以讓被攝入的景像纖毛畢現，栩栩如生。

星期一，他拍下了一座新建的智慧型城市和一個政治家煽動的演講。

星期二，他拍下了成人酒店中一個超級美女的曼妙舞姿和一營軍隊的逼眞實彈演習。

星期三，他拍下了一個生態植物園的千百種花草和一座動物園的數百種珍稀動物。

星期四，他拍下了一個著名博物館的豐富館藏。

星期五，他拍下了一個核電廠和分裂器的實況操作。

星期六，大地震。休息。

星期天，他利用儲相槽很快的把攝入的影片再重頭細看一遍——

隨著影像映出，他看見的是一束栩栩如生，有如蕈狀的火柱從畫面噴起，

而後盡是骷髏、廢墟，和一片片黝黑成塊，不辨成分的炭。

一九九四年九月九日

嬰兒

● 人性裡的很多成份，不是胎生的。

千萬條長了鬍子的精蟲瞄準同一個目標，奮力朝向一個化了妝的卵子浮動。

在激湍而險巇環生的水流中，每一條精蟲都帶著自己的甜言蜜語和偉大的愛情，咬緊牙關，誓不退讓的和其他的伙伴們拚命較勁，因爲他們相信，今生今世只要誰能把握這個機會拔得頭籌，誰就可以投胎成人，就可以擁有更爲巨大的形體和能量享受更爲轟轟烈烈，更爲纏綿緋惻的愛情，同時，還可以繼續生產更多的精子和卵子……。

如此，有些精子在強酸亂流中喪生，有些在白色殺手的伏擊下被吞噬，有些則因爲誤撞陷阱而滅頂……，剩下的最後一條精蟲，雖然不是最強壯、最多情、最聰明、最良善，卻最擅於運用花招巧術躲過千危萬險，使盡各種卑鄙手段趁亂打擊異己，之後才得以戰勝群雄，踏著其他精蟲的屍首前進，和等待已久的那個卵子相擁、結合。神依例在這個時候給予熱烈的掌聲，同時賜給這對精卵一副靈魂和啓動程式，並且讓它在母體開始熟悉人身的一切，也讓它利用 DNA 拷貝一切有關人的密碼，選擇人的性別……。

十個月後，一個剃光了鬍子，卸了妝的嬰兒，佯裝天眞無邪，微笑著爬出了母親的子宮。

一九九六年一月

樹

●樹根吸乾了地上的淚，吸乾了地上的血，又長出新的枝葉來了。

午後兩點正。一朵白雲停在窗外，和躺在地上的一條路，以及站在路旁的一棟樹，構成一幅簡單的風景。

樹孤獨的守著路旁一塊空曠的土地，以謙遜的姿態，默默的欣賞白雲瞬息多變的演出。

兩點一刻，一隻鳥飛過窗前，啣著稻草，風塵僕僕的落向樹梢。樹靜靜的站著，騰開一處隱蔽的枝枒，讓鳥開始築巢。兩點半，陽光透過雲層，熾熱的日照佈滿大地，一隻蟬開始歌頌夏日的美好。

樹昂然挺立，迎著日曬，反射一片新鮮的翠綠，在地面投下一團清涼的濃蔭。

兩點三刻，一個樵夫順著小路走來，學起斧斤伐樹。

樹沒有抵抗，犧牲整個茂盛的枝枒和堅實的軀體，只留下年輪清晰的根幹。

三點正。隨著鐘聲噹噹響起，窗外下起了一陣雨。

原來的風景掛下了一層煙濛的霧，沒有雲，沒有陽光，沒有蟬，沒有樵夫，只剩下一隻鳥悲傷的啼聲。

最後，我把剛才拍下的幾張樹的系列照片沖洗出來，一張張仔細的翻閱檢視並重新放大，然後，把它當成一件得意的作品，黏貼在靠窗的牆上，一座古老的掛鐘旁邊。

一九八三年三月

火

●我們都是火焰的前世，我們都是醒著的灰燼。

一個流浪漢蹲在橋墩下面升起一堆火，用來煮水。

河水從他的面前流過，在左前方的土丘旁邊形成一處急湍。湍中汩汩的白色水泡，和壺中沸騰的聲音形成一種巧妙的呼應，當他用斗笠搧火的時候，整條潺潺流動的河水，似乎也跟著慢慢的沸滾了起來……。

他猛力搧著。一隻鳥從前方的草叢中飛起，在逐漸暗去的天空裡盤旋了一圈，而後，落向對岸人家的屋簷底下，窗裡的燈火紛紛亮起。

他猛力搧著。晚霞飛聚到西邊的山頂上，團團的色彩火焰一樣的燒著，幾個莊稼漢荷著鋤頭，從山那一邊的小徑裡匆匆跑出……。

他猛力搧著。橋頭的交通燈誌迅速轉成紅燈，久久不滅，車輛擠成了一團。

他猛力搧著。整條河水突然點起了彩色的火，霓虹燈、星星和月亮，隨著一齊升上天空裡閃爍……。

最後，他用煮過的水沏了一壺茶，坐到河堤上，靜靜的欣賞一幅燒好的夜色。

一九八五年八月

茶

●茶壺裡的風暴和茶杯周圍上演的歷史息息相關。

樹梢一陣鳥叫吵落了幾片樹葉，飄向六十度角的陽光底下，兩個老人面對著棋盤，在一片濃蔭底下喝茶。

左邊的老人啜了一口茶，推出了車；右邊的老人喝了一口茶，橫過了炮，而後，是兩幅佈滿皺紋的沈思，在左手的茶杯和右手的棋子之間，用心的彼此算計。

蟬聲鼓噪了起來，樹影搖曳，天上的白雪快速變幻，在兩個茶杯幾番上下之後，棋盤上死傷枕藉，越過楚河的紅棕烈馬緊跟著一座大炮，正對準著黑將軍踢去，情勢危急異常……。

兩個老人的額上都冒出了汗，臉色發白。一個小孩笑容可掬的提著水壺走到樹下，慢條斯理的，在兩邊兵慌馬亂的疆土上，將、帥王座的後方，恭敬的重新沏了兩杯滾燙、帶有淡淡血色的紅茶。

杖

●人類殘廢成爲瞎子；木棍掙扎成爲枴杖。

一個瞎子手上拿著一支棍子，站在街上的人群中孤獨的敲打著路。路上熙來攘往的，各式各樣的鞋子底下忙著，騰不出空間理會那支棍子畏畏葸葸的詢問。瞎子只好等在路邊走廊底下的柱子旁，自個兒用棍子旁敲側擊的，打聽路況和方向。

一陣人潮，接著是一陣嘩嘩叭叭的車聲；車聲停了，接著是一陣坎坎坷坷的鞋聲。棍子靈敏的，從各種喧嘩的聲浪中，在前方右側敲出一管金屬的聲響，然後，又在鞋子旁邊的地上測出一溝低凹的深度，和凹溝的前面，一片路面的質料。棍子很鎮定的縮回瞎子的腳邊，把所有測量出來的，有關道路的形狀和質感，統統翻譯成聲音和觸覺，細細膩膩的，告訴了瞎子的右手和耳朵。

終於，瞎子勇敢的把棍子伸了出去——

等在地面上的一團影子接住了拐杖，用匍匐的姿勢，謙遜的接著他繞過水溝，穿過紅綠燈，慢慢的，走過斜陽底下的街道。

蜂

籬笆西邊，一群蜜蜂從果園的深處起飛，開始搜索甜蜜的食物。

籬笆東邊，幾朵紅霞忙著打扮天空的暮色，一對男女，用親密的影子佈置著綠色的草坪。

果園在西邊，一片翠碧的灌木葉叢綿延的覆過山坡，像一床綠色的絲被一樣，在金色的陽光和夏暮的微風中，盪起一波一波的曲線，卻又若隱若現的，讓一粒粒小小的棕色生果，在拂開的枝枒中含蓄的顯露出來。沒有果香，花朵也剛剛開過，只有籬笆外面的草地，在斜陽底下蒸出一股淡淡的草香，在闃靜的野地裡竄向漫天的霞光。

女人突然把男人推開，漲紅著臉，迅速理了理鬆開的上衣鈕扣。男人笑了笑，賴皮的握住她的手，裝模作樣的呵護起來。

風吹著，男人也張著嘴巴不停的說著，說著……慢慢的，女人又重新倒

向男人的懷裡，任由男人上上下下熱情的愛撫起來，風於是把男人的話次向西邊，穿過籬笆，落向果園。

覓食的蜜蜂果然成群的翻越而來，朝男人甜蜜的嘴巴，猛烈進攻。

一九八六年一月

發現杜十三◎高健

在台灣，杜十三給人的印象是一個點子很多、創作種類多元，有點離經叛道卻又有點傳統保守，可以稱爲詩人，又可以稱爲藝術家，形象複雜，難以言喻的什人。由於他的創作種類包括了詩歌、散文、評論、小說、劇本、造形藝術、設計、音樂，甚至舞台表演策畫與導演，從上述那樣對他的感覺出發，如果一個人沒有讀過他的作品或只是讀過他的小部分作品，那麼，和一個能夠耐下心來閱讀、欣賞過他所有創作的人相較，兩種人對他的評價肯定是大大的不相同的，我個人就曾在不同的時間扮演過上述的兩種人，也因此對杜十三這個人以及他的作品有了截然不同的觀感：

被充分閱讀前的杜十三是個「不講究專業，炫才傲物，善憑想像譁衆取寵的文、藝工作者」，是個「到處放風點火，什麼都要出一手的人」……，依照聽聞、觀察，這個「被充分閱讀前的杜十三」在台灣文藝圈的某些圈圈裡似乎仍然佔有某種程度的比例，甚至還有某些圈內人對杜十三這種形象存有些許「嫉恨」的情緒，並進而對他進行間歇的排擠與扭曲，依照這些人在這種情況之下對他的感覺是這樣的：「沒有人可能樣樣都行的啦，攪什麼局嘛。」、「樣樣都行？樣樣不深入」、「喜歡玩形式，內容夠份量嗎？」。如此，這個「被充分閱讀前的杜十三」正因爲他創作的種類數量繁多，仍在爲他從一九八二年積極縱身文壇、藝壇以來，至今依然熾烈的創作熱情背負自己的「原罪」，直到一九九八年末的現在，我才發現：他似乎是一棵不斷成長的樹，只因爲被不斷的風吹襲而搖曳不停，讓人很難看清他的面貌。

被充分閱讀後的杜十三又是什麼面貌呢？讀過、看過、聽過、思索過杜十三所有的作品，包括：詩集《人間筆記》、《地球筆記》、《愛情筆記》、《嘆息筆記》、《火的語言》、《新世界的零件》，散文集《雞鳴人語馬嘯》、小說劇本集《四個寓言》、行動記錄論評集《行動筆記》、手工詩集《愛撫》、《台灣十二唱》詩與藝術專輯、《杜十三藝術探討展專輯》、未結集論評數十篇、視覺藝術創作（含繪畫、裝置）百餘件、有聲創作（含歌曲、詩歌朗誦）

數十首、視覺展出錄影帶二卷、導演策畫演出錄影帶四卷，以及其他有關藝術的書型及各類設計數十件之後，先不論他作品的質是如何，光是從「如此大量的創作是在杜十三卅二歲到四十八歲十六年之間產生」的這個事實上來看，我們不得不承認杜十三對文學藝術創作的熱誠、執著以及不斷推陳出新的用心，的確不是一般人可以比擬的，他的背後如果不是具有強烈的創作動作與使命，不可能從一開始到現在幾乎每年都有新作出版、展出或演出。這個動機與使命是什麼呢？試看杜十三在千行詩「火的語言」第廿六節的一段詩文：「親愛的固體的火呀／你們眞的聽得懂我艱深的沈默嗎？／我已經焚燒自己成爲文字／就在這裡　此刻／就在你們沈默的眼睛之前／我正以自己的心跳輻射出我的每一句沈默——／給你／你聽見一絲光的聲音嗎？」我相信杜十三是以一種接近宗教情懷的動力來從事他的創作，以創作當成／完成自我與超越自我的救贖之道。

在這些林林總總的作品當中，詩（分行詩與分段詩）應該是他最有表現的主力，整體而言，他的詩作是綜合了象徵主義、超現實主義、後現代主義與新表現主義的特色，在意象經營、思想深度與語言節奏上均具有相當的原創性，同時他也是個悲天憫人與深沈睿智，感性與理性兼具的詩家。在此，我們不妨先回顧他過去十六年來不同時期的幾首代表詩篇再作綜結：

早期作品

之一：「風起的時候／一隻蜻蜓從池塘的皺紋上起飛／一株花拒絕了一隻蝴蝶／一朵雲推開了一座山／／一棵松樹的影子學會了走路／一公頃的稻子想起了海洋／一粒果實發現了土地／……／／風吹了三十年／童年的那一支斷了線的風箏／才於昨天午後三時／沿著兩行新長的皺紋／疲倦的在我的臉上降落」（風／一九八三年）

之二：「他把一句謊話吐在地上／變成一座橋／架在兩岸之間／／河水不相信／從橋底下走過」（橋／一九八四）

之三：「攝氏三十七度的夏日奪門闖進的時候／你以牆的姿勢端坐窗前／

任一道凶猛的陽光／恣意的在你臉上搜索／你依然不動聲色／拒絕交出藏在心底的／一幅春天的風景／／熾烈的煎熬使你的雙眼明亮／使你的孤獨挺拔起來／在接踵而至的／風與蟬鳴放縱的甜言密語蠱惑之下／你還是固執的使用傲岸的嘴角／抵抗所有多餘的溫度／讓一滴滴高貴的汗水淌向內心陰涼的角落／結晶成爲一株蘭花／／而在你的胸前左側／幾條皺紋的上端／滴答的時鐘正和日曆交談／太陽走了之後／一盞燈把他們的談話翻譯成你的影子／『噹』的一聲／烙在牆上」（煉，一九八三）

之四：「手與手分離之後／眼與眼仍然相偎廝磨／在站著的夜色和躺著的離愁之間／千條雨絲是凝固的聲音／萬盞燈火／是醒來的昨日／／我們心中都藏著千山萬水／蜿蜒曲折　難以攀行／不是順著兩行淚水就能找到方向／也不是藉著一聲再見就能辨出歸途／我們迷失／是因爲山涯水際／日出月落／沒有痕跡／／唇與唇分離之後／臉與臉仍然相互流連／在站起的離愁和躺下的夜色之間／我默默的用香菸點起一陣晨霧／妳偷偷的用口紅塗去一片／紫色的傷痕」（傷痕，一九八四）

以上這四首詩作收錄在杜十三一九八四年出版，而後再刷八次，發行達近兩萬册的《人間筆記》裡。從他早期這些詩作中我們已然可以感知他那情感眞摯，意境突出，不落俗套的詩創作藝術已經儼然有甚爲可觀之處，而且絕無其他現代詩家的晦澀難懂與扭捏做態之處，這早期的詩不僅適合用眼睛沈默的閱讀，即使用口朗誦亦有極佳韻味。我們在他的「詩想錄」一文中可以得到如下的印證：「……即使在去除了文字符號的媒介之後，『口語體的詩』應該仍能藉由言語本身進行有效而清晰的傳達，在這種情況之下，『符號』已經融化於人之中，只剩下『人』的聲音、嘴巴、耳朵和心——詩成了『嘆息』，是一種呼吸，一種體溫，一種韻律，一種節奏，一種生命和一種自然。」

前期作品

之一：「妳終於醒來／從心底最深的一條隧道走出／在坑口與我會面／長久的黑泥塵封／我發現／妳已經不能言語／不能表情／只能癡傻的／等著陽光

再度承認／妳那張模糊不清的／臉／／妳一定很累／在長途跋涉／與尋找光源的努力之後／面對著美麗的世界／卻已經目盲／而多年以前我在前世爲妳準備的——／一封簡易的情書／此刻對妳而言／也因爲長滿苔蘚而變的艱深難懂／因此／妳必須重新學習／從微笑的基本動作／到做愛的複雜姿勢／用心摸索——／我已經決定／用一枚沈默的癡情引爆自己／在生鏽的心底炸開一條通往永恆的隧道／等妳」（隧道，一九八五）

之二：「黑夜中／遙遠的妳突然哭泣　不再說話／只用話筒貼在胸口／用噗噗的心跳回答我殷切的呼喚／／如此／我學會了從你的心跳聲中／打聽宇宙所有的消息／卻逐漸的聽到了　大水的聲音／砲火的聲音／地球墜落的聲音」（打電話，一九八八）

之三：「霓虹夜放蝶萬隻（我們是從你們冷漠的眼角起飛的）／上高樓舞街巷（沿著你們筆直堅硬的格言／我們在地下降落　在繽紛的燈下取暖）／碧男紅女煙茫茫（並且　在酒精裡萃取勇氣／在煙霧中尋找夢境）／搖滾聲動儷影逐光（終於學會了用 DISCO 舞步接觸地球／用白粉大麻接觸亮光）一

夕數迷茫（以及　把一個輕盈的夜色／分裝成無處個上升的泡沫……）紅中白板黑金妝（金屬是最光鮮的質材／黑色　是最迷人的顏色了）媚眼生波濃香喘（我們散發相同的氣味　突出相似的個性／彼此吸引團結　共同叛逆）／衆裡尋他髮如浪（如此你們再也找不到我們／正如同你們再也找不到自己一樣——）驀然回首（請努力的回頭想想／你們所曾擁有過的青春吧）／那人躺在（那兒是不是也有一個青純如玉／名叫愛的小孩／只是因爲迷路）／安非他命床（就被人陷害／至今仍然躺在火車轟隆來去的鐵軌上？）」（青玉案，一九九〇）

杜十三這一時期的作品大都收錄在他的詩集《嘆息筆記》中，主要還是延續了他早期的「語言體」風格，但在創作語言上則有朝向「並置、拼貼」的後現代風貌與新表現的技巧發展，不變的是，我們依舊可以從他這一時期的作品中強烈的感受到他悲憫的胸懷，和意象、技巧的深刻與精準，正如他所言：「所有的詩都必須回歸到『人』的本位來審視，以免遭到語言繁蕪的表象折射而見不到本質」，這時期的作品也確實體現了他上述的主張，並且強而有力的以他的清澄透澈，直搗人心的詩藝說服了我們。

近期作品

之一：「因爲他摘了一朵花／曠野因此留下了傷口／一隻狼在遠方熬嗽嗽呼痛」（頓悟三行，一九九一）

之二：「一隻用謠言孵出的鷹／從他喉底深處的巢穴中／興奮的／飛出／謠言展開刀刃般的翅膀／殘忍的劃過天空／讓白晝的風景／染成帶血的黃昏／／天空始終沈默／用沈默結成繭／孵出了太陽」（孵，一九九二）

之三：「愛撫之後／所有的歷史都像衣衫一樣落盡／只剩下赤裸裸的眞實以愛恨交織的姿勢掙扎／躺在時間的床上受孕／／而後／我們正正經經的閱讀他所生的小孩／從他的容貌閱讀自己的容貌／從他的悲苦閱讀自己的悲苦／直到我們驀然發覺——／他的複雜竟然是由於他的無辜／他的深刻／竟然是由於他的宿命／／新的歷史此刻正在窗口吮著奶嘴偷笑／等著我們繼續供給血淚餵他／／然後看著他迅速長大成人／走開／學習更爲煽情的愛撫」（愛撫之二，一

九九三）

之四：「光是沈默的／光／是懺悔過的火／／在向上燃燒的過程中／懺悔的火把灰燼還給大地／把光獻給天空／／神是沈默的／神／是懺悔過的人——在追尋眞理的過程中／／懺悔的人把血淚還給泥土／把語言還給沈默／／沈默是懺悔過的語言」（火的語言第二十一節，一九九三）

之五：「沈默是血／是循環／在黑暗的體內沈默循環的血一經體外陽光的誘引／會像傷口呼痛說出鮮紅色的寓言——／凡逃離心臟逃離循環的必然淪爲黑色」（火的語言第卅六節，第一段，一九九三）

之六：「你們知道灰燼裡面藏著光嗎？／撥開看就知道／撥開看你自己的心——／灰燼裡的光就是你心中的光／／你們知道光裡藏灰燼嗎？／是我們住在宇宙中還是／宇宙住在我們心中？」（火的語言第五○節，一九九三）

之七：「島　是你們生命中的中點啊／心　是你們充滿慾望與仇恨的血中的島／心　是易燃物是光與灰燼的中點」（火的語言第九六節，一九九三）

杜十三這時期的作品都收錄在詩集《火的語言》中。《火的語言》包括了

〈頓悟三行〉、〈月亮之歌〉、〈台灣十二唱〉與千行長詩〈火的語言〉等共四篇。「頓悟三行」是仿徘句的新創小輯，「月亮之歌」是延續前期風格的作品，「台灣十二唱」是閩南語詩輯，從台灣光復前寫到九○年代，每個年代用一首詩做切片式的展現，「火的語言」則是以二二八事件爲主軸的台灣寓言史詩。依本人之見，杜十三這時期作品的可說是他風格轉變最劇烈、鮮明的創作，和之前最大的不同，乃是他把自己詩的知性語言推向了一個高峰，尤其在「火的語言」中，我們看到了他在龐大的結構中讓「火」與「語言」的意象，不斷的以各種不同的語言節奏和超乎想像的叙述變化，燃燒、輻射出有關生命、信仰、歷史和死亡的溫度和光韻，讓人在溫暖熾熱之餘，不得不也和他同樣的以滿懷虔敬的宗教感去體悟人類的過去、現在與未來而心生感動。無庸諱言，在整體一貫、深沈有力、充滿睿智、節奏分明、意象如焰火，可說是重、大、樸、拙、美兼具的這首鉅構裡，我深深的感悟到杜十三的詩從展現細沙水珠的靈秀到宇宙洪荒磅　氣勢的不凡成就，這是我發現杜十三之後第一個最大的驚奇。據他所言，寫作這首詩的時候，他是以苦行僧的心情，每天三個小時以上坐在書房苦思苦作達半年以上，這又是何等的毅力。

除千行詩「火的語言」之外，「台灣十二唱」也展現了他寫作閩南語詩的獨到功力，無論是語言節奏、韻律的掌握，意象、詩素的營造或是時空肌理的展現，這十二首組詩都有其獨創性與開拓性，是不可忽視的閩南語歌詩傑作。試看「台灣十二唱」第七唱「看阮的目睭」最後一段：

「看阮的目　／阮的目　內底有汝生命的火／看阮的目　／阮的目　內底有汝一生的夢／看阮的目　／阮的目　內底有汝溫柔的海岸／看阮的目　／阮的目　內底有汝清楚的天地／看阮的目　／看阮的目　……」

這些詩用閩南語發聲讀誦，聽來更是動人，樸拙、眞摯有如久釀的陳酒，讓人回味無窮，這樣的片段在這首組詩裡所見都是，請看第八唱「鐵路的聲音」第三段：

「喔　鐵路的聲音　是火燒的聲／鐵路的聲音是大水來的聲／鐵路的聲音是地球崩去的聲／阮的心肝是兩個未當相堵的／車站／只有拽一下手／看著火車來來去去／去去來來……」

如此的音韻和時空的想向所激發出來的歌詩的質，清澈有如台灣過去未曾污染的溪流，是可以穿透讀者的夢境的，我相信，如果杜十三能多寫一些閩南語詩，成果一定不俗。

新近作品

杜十三新近出版的作品主要是他前後創作達十六年的結集「新世界的零件」（一九九八）。該書收錄了他精選的散文詩九十九首，每一首都是日常生活中的「零件」，諸如：「泉水」、「霧」、「傳眞機」、「樹」、「螢火蟲」、「墨」、「鹽」……等等，去「解構」或「再現」包括「先驗式第一自然」、「人造式第二自然」與「再現式第三自然」，美麗或不美麗的「新世界」。杜十三在這本被譽爲可能是「中國文壇的重要收穫」（見該書王一川博士序）的作品裡，淋漓盡致的展現了他獨門的「破」與「立」，「格物致知」或「格物致頓悟」的敘述美學與文體美學，在九十九種幾乎各不相同的敘述手法中，每一篇讀罷都會出其不意的讓人悚然一驚或是拍案叫絕，其原創性之高，表現之高明，確是我在其他的散文詩閱讀中所難得的經驗。事實上，這本散文詩選集應可同時視爲「文字禪」的力作，其以文字「棒喝」讀者的力度有時就像要讓人參破一個公案那般，這或許是這本書另外取名「末世法門九十九品」的緣故吧。試看他的「蠟燭」：

「蠟燭是喜歡站著看，用火張開看的眼睛，卻把看到的一切都還給了灰燼」（這是該篇作品的引言，作爲和內文呼應的警語，「該書幾乎每一篇之前都有不同的警語），接著，他顛覆了中國詩詞中喜把蠟燭做爲兒女情長或離傷懷的借託寫法，在一段對書桌上蠟燭的細膩描述之後，大膽的把蠟燭寫成了歷史的控訴著：「之後，我闔上攤在旁邊讀了一半的《南京大屠殺》，那根已經哭到盡頭的蠟燭卻倏然間變得冷靜了，滾燙的淚水在桌上堆成了一層蠟，像捧著遺書那樣的，悲戚的撐著一粒靜止不動，即將在瞬間滅去的如豆火焰。

我好奇的回過頭去，想從地下和牆上斑駁的影子裡看看她最後想說些什麼，卻看見了一個還未投降的日本兵，正奮力的從書逃出，爬向桌子底下向我的影子進攻。」

類此佳構，如「石頭因爲悲傷而成爲玉」（石頭）、「霧非霧，樹非樹，只有在霧中及在樹下的人」（霧）、「人身如墨，因爲懺悔而氣韻生動」（墨）、「必須抵抗自己對自己的侵略，趕在死亡之前再誕生一次」（搶）、「人身是床，心是鬧鐘」（鬧鐘）、每個人都是打火機，都忙著打出火焰，用來尋找自己的影子」（打火機）、「灰燼懺悔成爲光」（螢火蟲）……等等，在本書中不勝枚舉，基本上都能展現合乎邏輯的荒謬，意韻豐足，直指人心，是本人發現杜十三之後的第二大驚奇。我相信，這本杜十三花了十六年的時光，「用純心打造」，從兩百多篇中精選出來的獨創文體散文詩集「新世界的零件」，應該在當代的台灣文學表現上獲得應有的地位。

在我們以縱時列展的方式，把杜十三早期、前期、近期與新近的重要詩創作進行重點式的回顧之後，我們似可比較清楚而客觀的發現，今年四十八歲的杜十三確是一個原創性十足，質量兼具的一流詩家，把他放在當今兩岸華人詩壇上，和老中青三代比較都毫不遜色的一位難得的傑出詩人，問題是，爲何他

始終沒能得到文壇給予他應得的評價呢？我的看法是，因爲他在純文學領域之外的多元創作模糊了別人看他的焦點，雖然這種情況在別人身上或者國外藝文生態先進的國家是不成問題的問題。爲什麼呢？

「詩」的定義對杜十三來說並不只是純文學的詩而已，由於受到黑格爾「詩美學」，以及他個人在視覺藝術和音樂的潛能與造詣的影響，他很早就在純文學創造之餘也同時從事他的「視覺詩」與「聽覺詩」的展演創作，在他的主張裡，和中國傳統詩的表現一樣，詩除了以純文學的面貌存在之外，也可以同時存於現代多媒體的聲光文本之中，於是，多年來他除了參與純視覺藝術與歌曲的創作之外，也和其他幾位詩人同好策畫、導演了多次有關現代詩的展出和演出，如「詩的聲光」、「弘一大師五十年祭」、「因爲風的緣故」、「貧窮詩劇場」、「詩的新環境」等，並獲得一定的好評與爭論。此外，他在「台北雙年展」中獲得國際評審團大獎的視覺藝術創作也帶有濃厚的詩質，他出版過的歌曲作品也都有詩的味道，因此可以這樣說，杜十三只不過是用他嫻熟的全方位途徑去寫詩而已，他並沒有逾越他作爲一個詩人的本分，反而是以一種前所未見的方式去實踐一個前衛詩人獨特的美學思想，如果有人因爲他多方面的在純文字領域之外展現他的詩創作，就因此認定他是異類，或因此以非文學、非藝術評斷標準的「文學政治手腕」將他扭曲、排除，那不只是對他的傷害，也是對台灣文學、藝術本身的傷害。

杜十三一九五〇年生於台灣，大學畢業於師大化學系，曾經擔任過高中教師，廣告公司創意指導學習嘗試，用功讀書，努力創作的人格特質，這些深受尼采「衝創意志」學說薰陶的特質對於成爲一個詩人或藝術家都有正面的助力才對，相信稍假時日，杜十三重新調整步伐、視野並且改正他的缺失和不足之後，應該會帶給我們更動人的作品。寫到這裡，突然想起杜十三一篇名爲「鑽石」的寓言，文中提起一個形象不整的村婦來到都市裡和一群衣著光新的貴婦比鑽石的大小，正當衆貴婦每個人手裡拿著三克拉上下的鑽石在那裡比來比去時，村婦卻掏出了一顆十克拉大小的鑽石來，嚇得衆貴婦連忙說那顆十克拉的鑽石是假的。文末，且以杜十三在這篇寓言裡的一句話和杜十三互勉並作爲結

東：「鑽石是：必須先在別人眼裡成爲鑽石而後才是鑽石的，一種類似命運的才華。」

一九九八年十一月，於巴黎

後記

1999年的台灣發生了許多讓人大出意外的「無常」之事，諸如「特殊兩國論」的提出，「921大地震」的襲擊，「宋楚瑜興票案」的揭露……等等，每一件事的演變無不緊緊的扣住台灣島上的每個人心，讓人措手不及的，被迫去體驗一連串人生的驚駭、悲痛、失望與迷惘，而就在這一連串的「無常」體會當中，我們也頓悟了生命的諸多現象裡，「愛與悲憫」其實才是一切的震動與洶湧波濤中的岸，離開了這個岸，一切都是注定要浮沈與掙扎的。

就在這樣的氛圍中，我在俗務纏身中抽空完成了三十篇新的詩作，並在幾乎一年內於中國時報人間版與聯合報副刊先後發表，所意圖的，無非就是想在這個紛亂蕪雜的世紀末裡用心理出自己作爲一個詩人，用愛與悲憫所能見證的一些感悟，以便提供給靈魂同樣受苦受難的朋友們一點讓生命重新感覺的新方向與新質地。除了扣緊世紀末的各種台灣現象入詩的題材要求之外，這本新輯的創作上最重要的是，在美學上我同時要求自

己不得重複自己，而必須在統一的風格之下以三十種不同的表現方式完成上述的三十首新作——這乃是自己對自己的一種挑戰，更是作爲講求獨創性的詩人應該對自己履行的諾言。因此，從「具體詩」、「迴文詩」、「散文詩」、「閩南語詩」、「對話詩」……到「圖象詩」以及所謂的「禪詩」、「辯證詩」、「朗誦詩」，在這本新輯裡都有所嘗試。新輯後的附錄，則是希望藉由筆者過去不同時期詩作的歸結讓讀者對照閱讀，以便讓讀者對筆者的創作脈絡有更深入、更有趣的理解，並且期望因此能夠獲得各方更爲周詳的的批評與指正。

　　此外，在以多文本展現現代詩歌的需要考量下，這本《石頭悲傷而成爲玉》的出版採用了「手工限量版」與「有聲版」兩種形式，前者以「書型裝置藝術」的概念，使用台產珊瑚片、不鏽鋼片爲封面，內頁則使用蝴蝶連頁貼彩色插圖，並以凹凸版、螢光粉、燙金銀字‧‧‧等特殊印刷，以彰顯整本詩集的材質、空間與視覺特性，限量400本，每本都有編號與作者簽名。後者則選用詩集中適合朗誦的詩作，包括閩南語詩七首國語詩兩首共九首詩歌，由本人、趙天福及魏瑊同學，在盲音樂家周煜開的即興伴奏下朗誦錄製成有聲CD一片，附在書中以供讀者用不同於文字的「聲音文本」直接聽閱詩的

原味，亦可讓不懂國語的老一輩新台灣人繞過文字障，直接欣賞所謂的「現代詩」。

本書出版發表會時間，將選在台灣多災多難的 1999 年底 12 月 31 日晚上十點半開始，跨進2000年一月一日的凌晨一點。期能因而擺開世紀末的陰霾，迎向充滿希望的千禧年。作者謹在此向收藏本詩集限量版的讀者朋友們，以及大力促成「有聲版」出版的思想生活屋總編輯周家慧小姐致上最大的謝意，同時感謝在百忙之中為本書寫序的洛夫、羅門、白靈、高健等前輩與朋友們。

最後，預祝台灣 2000 年千喜。

杜十三創作記事

文學創作

一九六八　（高二）在中央日報發表第一篇散文〈玉山行〉。

一九六九　（高三）在台中一中校刊發表四萬餘字哲學論述《論人類存在與本質的來去》。

一九七〇　劇本創作《偉大的樹》獲復興文藝營劇本創作比賽首獎。作品由江長文導演，曾西霸等人主演，在銘傳商專演出。

一九七一　《偉大的樹》在耕莘文教院演出。在師大發表舞台劇創作《故事》，在中國時報及校刊發表散文、小說與詩。

一九七二　出版文集《偉大的樹》。劇本《偉大的樹》在清華大學演出。

一九七六　三百行長詩《黃花魂之歌》獲國軍文藝金獅獎首獎。

一九七七　《偉大的樹》在東海大學以英文做第四度演出。

一九八一　散文詩《室內》獲第四屆時報文學獎。

一九八二　出版《杜十三藝術探討展》複數型作品集與《媒體Ⅱ》。

一九八四　出版詩畫集《人間筆記》。

一九八六　出版有聲多媒體詩集《地球筆記》。

一九八二　詩、散文多次選入國內主要選集，廿歲所作小說《無賴》選入希代版
—八八　《小說大系》。

一九八八　出版現代詩行動記錄文集《行動筆記》。《地球筆記》無聲版出版。

一九九〇　出版散文選《愛情筆記》、詩選《嘆息筆記》。

一九九二　出版雜文集《鷄鳴、人語、馬嘯》。

一九九三　出版《太陽筆記》第一部《愛撫》（手製限量詩集）。

一九九三　出版《杜十三的詩與藝術》月曆型畫冊詩集。

一九九三　出版《太陽筆記》第二部《火的語言》（千行詩絹印限量詩集）。

一九九四　出版文學版《火的語言》詩集。《四個寓言》小說、劇本集。獲創世紀四十週年詩創作大獎。

一九九八　出版散文詩《新世界的零件》（北京友誼出版公司），《四個寓言》（Four Fables）英文版在美國出版（Todd Communication）。《新世界的零件》五篇選入金安版高中國文課本第二冊。

一九九九　出版詩集《石頭悲傷而成爲玉／世紀末詩篇》（有聲版）。

藝術創作

一九七一　（大二至大四）入選全省美展、台北市美展、台陽美展、全國書展等國內畫展，並應邀參加國立歷史博物館和中國畫學會主辦之「第二屆當代名家畫展」。

一九七二　應邀參加第九屆亞細亞美展（日本東京上野美術館）。

一九七三　在台北美國新聞處舉行「山河魂」水墨畫個展。

一九七四 作品「太陽的臉譜」系列由美國紐約Stanley Woolco，和國立藝術館收藏。

一九八〇 應邀參加第十六屆亞細亞美展。與張永村、袁金塔等人在台北春之藝廊舉行「台北十二人展」。

一九八二 舉行「杜十三郵遞藝術探討展」。

一九八五 參加韓國漢城寬動美術館「中韓現代美術交換展」。

一九八六 參加義大利米蘭 Mercato 畫廊「中義現代視覺詩展」。

一九八九 在台北「三原色畫廊」舉行「行動的行動的行動」——「書型藝術行動藝術」個展。

一九九四 在台北「誠品藝文空間」舉行「杜十三個展」，從「火的語言」到「光的對話」。獲「一九九四台北現代美術雙年展」國際評審團大獎。

一九九六 參加「一九九六雙年展」，提出巨型裝置「歷史的超度」。

一九九八　參加第四十屆「巴黎今日大師與新秀大展」（巴黎布朗麗大展館）；作品「生命塔」選入龍展版高中美術課本第二冊。

一九九九　參加「磁性書寫聯展」（台北伊通公園）

行動創作

一九八二　由中國時報、太平洋文化基金會、新聞局、中華語言視聽中心協辦，在海內外十三個地區舉行「郵遞藝術探討展」並發表有關論述《生命的探討》、《媒體Ⅱ》，提出「複數型藝術觀念」。郵遞作品由英國 Victoria & Albert Museum 收藏。

一九八三　和羅青、林煥彰等十二位詩人，在台北策劃舉辦「詩人畫會藝術上街展」提倡現代詩走向生活的觀念，發表論述《藝術的反撲》。

一九八四　以《人間筆記》提出「複數型詩藝術」的創作行動。參加新象藝術中心舉辦的「中義視覺詩聯展」，主編《心的風景》，發表《中國視覺詩的展望》論文。

一九八五　和白靈共同策劃「一九八五中國現代詩季」，在台北新象藝術中心舉行。配合發表《現代詩的傳播》論文，並和白靈提出「詩的聲光」實驗演出。

一九八六　以《地球筆記》融合文字、聲音、圖像與行爲的形式，實踐詩的多元創作，「詩的聲光」在國立美術館正式演出三天。

一九八七　結合極限藝術觀念，策劃、導演「貧窮詩劇場」，由趙天福個人爲演員，詩的聲音和六十一位詩人題詩的衣服，在台北「春之藝廊」演出五天。

一九八八　策劃、導演洛夫詩作《因爲風的緣故》演出——結合詩、歌、曲、朗誦、裝置、書法、攝影等現代藝術創作，進行「統一主題不同元素」的多媒體舞台整合演出，在台北市社教館公演。

一九九〇　策劃「詩與新環境展演系列」在台北誠品藝文空間展出。本次展演包括「視覺詩」、「聽覺詩」、「文學詩」三種詩藝形式的嶄新探索，參展詩人、藝術家、音樂家共四十二位。其他共同策劃人爲莊普、白靈、林燿德。

一九九二　擔任《台灣的 24 小時》攝影特輯總編輯兼總設計。

一九九二　應「中華民國筆會」邀請與白靈共同製「詩的聲光」在台大演出。

一九九二　導演「弘一大師五十年祭——李叔同歌詩多媒體發表會」（國家音樂廳演出）。

一九九七　發起「台灣現代詩網路聯盟」，由文建會贊助設立，同時發表「論新現代詩的可能」論文。

一九九九　提出「詩的社會雕塑」行動創作，於 1999 年 12 月 31 日 23 時至 2000 年 1 月 1 日 1 時在台北誠品書局敦南店舉行「跨進 20000 年」手工限量版詩集《石頭悲傷而成爲玉／世紀末詩篇》發表會。

其他創作

一九七一　歌曲創作「暮農曲」獲中國電視公司「全國歌曲創作比賽」首獎。

一九七二　歌曲創作「四重夢」、「風雨飲到空」、「傷痕」等，由藍與白唱片公司出版。

一九九三　與音樂家李泰祥合作《台灣十二唱》系列歌詩。《一支弦仔》首次由李泰祥作曲，於十一月十一日在「亞洲作曲聯盟發表會」演出（國家音樂廳）。

思想生活屋
《A0005》

國家圖書館出版品預行編目資料

石頭悲傷而成爲玉／杜十三　著. -- 第一版.
-- 台北市：思想生活屋. 2000〔民 89〕
面：　　公分.-- (雅典娜系列：5)

ISBN 957-97797--9-1

424　　88010630

《A0005》石頭悲傷而成爲玉
有聲版

作者／杜十三
編輯顧問／楊樹清
總編輯／周家慧
發行人／周可欣
出版者／思想生活屋國際文化事業有限公司
法律顧問／志律法律事務所杜淑君律師
地址／板橋市文化路二段 445 號 10F
訂購專線／（02）22546565
24 小時傳眞訂購／（02）22507650
郵撥帳號／19354892
戶名／思想生活屋國際事業股份有限公司
印刷／鴻展彩色印刷股份有限公司
登記證／局版台業字第 5443 號
總經銷／農學股份有限公司
電話／(02) 29178022
出版日期／2000 年 1 月初版第一刷
定價／280 元
ISBN 957-97797-9-1
權所有・侵害必究　　如有缺頁、破損・請寄回更換